AF452593

L'INFLUENCE D'EDGAR POE

SUR

CHARLES BAUDELAIRE

THÈSE

POUR LE DOCTORAT D'UNIVERSITÉ

Présentée devant la Faculté des Lettres de l'Université de Grenoble

PAR

ARTHUR-S. PATTERSON

Ancien élève d'Oberlin College et de l'Université d'Harvard

Professeur adjoint de Littérature française à l'Université de Syracuse (N.-Y.)

GRENOBLE

IMPRIMERIE ALLIER FRÈRES

26, Cours de Saint-André, 26

1903

L'INFLUENCE D'EDGAR POE

SUR

CHARLES BAUDELAIRE

L'INFLUENCE D'EDGAR POE

SUR

CHARLES BAUDELAIRE

———

THÈSE

POUR LE DOCTORAT D'UNIVERSITÉ

Présentée devant la Faculté des Lettres de l'Université de Grenoble

PAR

Arthur-S. PATTERSON

Ancien élève d'Oberlin College et de l'Université d'Harvard

Professeur adjoint de Littérature française à l'Université de Syracuse (N.-Y.)

———

GRENOBLE

IMPRIMERIE ALLIER FRÈRES

26, Cours de Saint-André, 26

—

1903

A MONSIEUR PAUL MORILLOT

Professeur de Littérature française

a l'Université de Grenoble

et

A MONSIEUR CHARLES W. CABEEN

Professor of Romance Languages Syracuse University

———

TÉMOIGNAGE DE PROFOND RESPECT

OUVRAGES A CONSULTER

1. Charles BAUDELAIRE. *Œuvres complètes*, édition définitive. 7 volumes, Calmann Lévy, Paris, 1883.

2. Edgar-Allan POE. *Œuvres complètes*, édition Ingram, A. et C. Black. Londres, 1899.

3. BRUNETIÈRE. *La Statue de Baudelaire*. « Revue des Deux-Mondes ». septembre 1892.

4. BRUNETIÈRE. *L'Évolution de la Poésie lyrique*, Hachette. Paris, 1894.

5. Paul BOURGET. *Essais de Psychologie contemporaine*, Alphonse Lemerre, Paris, 1883.

6. LANSON, *Histoire de la Littérature française*, Hachette. Paris, 1896.

7. George WOODBURY. *Edgar-Allan Poe*. Haughton Mifflin and Company. New-York, 1885.

8. LEMAÎTRE. *Les Contemporains*, Lecène, Paris, 1888.

9. CRÉPET, *Œuvres posthumes et Correspondances inédites de Charles Baudelaire*, Quantin. Paris, 1887.

10. J.-K. HUYSMANS. *A Rebours*, Eugène Fasquelle. Paris, 1901.

11. Charles ASSELINEAU. *Baudelaire. sa vie et son œuvre*, Paris, 1869.

12. Arvide BARINE. *L'Alcool : Edgar Poe*, « Revue des Deux-Mondes ». juillet 1897.

13. Maurice SPRONCK. *Les Artistes littéraires*, Calmann Lévy. Paris, 1889.

PRÉFACE

Les points de contact entre les littératures française et américaine ne sont pas nombreux. L'influence d'une littérature jeune sur une littérature ancienne se voit, en effet, rarement.

Si nous nous bornons à étudier l'influence de la poésie américaine sur la poésie française pendant le dernier siècle, nous la voyons se manifester dans un cas remarquable et presque unique. Nous voulons parler des rapports qui existent entre Edgar Poe, le poète critique et auteur de nouvelles américain, et Charles Baudelaire, l'auteur des *Fleurs du Mal*.

En France, le nom de l'un de ces poètes éveille l'idée de l'autre d'une façon indissoluble; et de nombreuses raisons expliquent cette association.

La traduction de Baudelaire.

Tout d'abord, Edgar Poe doit le meilleur de sa popularité dans ce pays à Baudelaire, qui l'y a fait pleinement connaître par ses admirables traductions.

Baudelaire a pénétré d'une façon si intime la

pensée et le style d'Edgar Poe que ses traductions
font sur nous l'impression même d'un original ; et elles
ont contribué non seulement à révéler au public
français un génie américain, mais encore à augmenter
sa propre gloire. Elles satisfont à l'idéal ainsi exprimé
par Edgar Poe : « L'impression que doit faire la ver-
sion de l'original sur le public à qui elle s'adresse doit
être identique à celle que fait l'original lui-même sur
ses propres lecteurs [1]. »

La fatale passion de Poe.

Il y a également une analogie entre les existences
des deux poètes. Edgar Poe, qui naquit à Boston, le
19 juin 1809, eut une carrière brillante, mais malheu-
reuse. Si jamais homme fut destiné dès sa naissance
à une triste fin, c'est bien lui. Les lois de l'hérédité
furent pour lui impitoyables. S'il avait tenu, cependant, de son grand-père au lieu de son père, comme
cela arrive souvent, il aurait pu avoir un meilleur
sort. Son grand-père, David Poe, fut un homme du
type puritain, qui se distingua si bien dans la guerre
de la révolution américaine que l'on lui donna le sur-
nom de *général Poe,* et que Lafayette, dans sa dernière visite aux États-Unis embrassa son tombeau en
s'écriant : « Ici repose un cœur noble ! » Mais son
père fut un acteur de mérite très ordinaire, phtisique
et victime de l'alcoolisme ; et, bien que sa mère, phti-

[1] Poe, vol. III. p. 453.

sique aussi, eût plus de talent, la famille mena la triste existence des cabotins. Quand la mort mit fin à leurs misères, leurs trois enfants, dont Edgar, le second, était âgé de deux ans, furent partagés entre des gens charitables, et Edgar échut à un riche négociant en tabac, M. Allan, dont il ajouta le nom au sien, ce qui fit qu'il s'appelait désormais Edgar Allan-Poe.

Ses parents adoptifs l'emmenèrent, à l'âge de six ans, en Angleterre, où il fit ses études primaires dans un faubourg de Londres. La pension qu'il fréquentait était installée dans une vaste et vieille maison entourée de hautes murailles.

Il y passa cinq années bien tranquilles, mais elles imprégnèrent fortement son esprit, et nous en voyons les traces dans ses œuvres, notamment dans son conte *William Wilson*.

Il retourna en Amérique en 1820 et entra dans une école secondaire de Richmond, où demeuraient ses parents adoptifs. Il s'était déjà montré un enfant précoce, et là il se distingua facilement comme un fort en thème. Après cinq ans, il commença ses études supérieures, en 1826, à l'Université de Virginie, située à Charlotteville.

C'est là que se montra d'abord l'appétit héréditaire pour l'alcool. Il se livrait aussi au jeu et fit des dettes d'une douzaine de mille francs. On n'est pas surpris qu'à la fin de la première année M. Allan ne lui ait pas permis de retourner à l'Université, bien qu'il eût remporté les premiers prix de latin et de français. M. Allan le plaça dans ses propres bureaux, mais

Edgar Poe ne tarda pas à se sauver et commença sa vie errante.

S'arrêtant à Boston, il se mit à publier son premier recueil de poésie, mais le livre ne lui apporta ni renommée ni argent — ce dont il avait plus besoin. Au bout de ses ressources, il se fit soldat, et après deux ans, ayant passé sergent-major il fut admis, à l'âge de vingt et un ans, à l'école de West-Point, le Saint-Cyr des Américains. Six mois suffirent pour le dégoûter de cette vie et il négligea tous ses devoirs, de sorte qu'il se fit expulser, le 6 mai 1831, pour indiscipline. De West-Point il vint à Baltimore et, pendant quatre ans, il y mena une vie misérable, une double lutte contre la pauvreté et sa passion pour l'alcool. Il obtint alors une position de rédacteur d'une publication périodique à Richmond et il s'y établit, en 1835, après avoir épousé sa cousine Virginie.

La double lutte continuait. Chaque numéro du *Southern Literary Messenger*, où brillait l'originalité de son génie, semblait une victoire remportée sur la misère; mais presque aussi souvent il essuyait une défaite infligée par le démon de l'alcoolisme et, au bout de dix-huit mois, il perdit sa position. De 1837 à 1844 il demeura à Philadelphie, où à la pauvreté et à la passion se joignit une autre alliée — la maladie. Puis le champ de bataille se transporta à New-York. C'est là, en 1845, au comble de la misère, qu'il publia son chef-d'œuvre, *The Raven (le Corbeau)*. Une maladie de langueur frappa sa femme et attrista encore la vie de Poe. Après la mort de sa femme, en 1846, il tomba malade, mais après quelques mois il put reprendre son travail littéraire. Il essaya de fonder une publication périodique, ce qui était depuis longtemps son rêve. Pour subvenir aux dépenses nécessaires, il se laissa inviter à donner plusieurs conférences sur la poésie.

En octobre 1849, en revenant de Richmond, après une de ses conférences, il lutta pour la dernière fois contre sa sinistre tendance héréditaire, mais c'était en vain : il céda et sa tragique existence fut brusquement tranchée, vers la quarantaine, par son pire ennemi, sa passion pour les breuvages enivrants, qui le conduisit à la tombe dans un accès de delirium tremens.

La consécration tardive du génie de Poe.

Sa gloire n'était pas encore établie au moment de sa mort. Autant il avait ébloui ses contemporains par l'étincelante imagination qui brillait dans ses *Nouvelles*, autant il les avait scandalisés par le dérèglement de son existence.

La semence de ses injurieuses critiques contre la médiocrité littéraire lui avait valu une ample moisson d'ennemis acharnés. Il avait manifesté son désaccord avec son temps et son milieu. Ainsi, son poème *Le Corbeau*, pièce de vers au thème fantastique, triste et d'un charme captivant, qui aurait dû lui donner des titres à la gloire suprême, ne fit rendre pleine justice à son génie que par la génération actuelle.

Son cas justifie son aphorisme sur la popularité :
« Il y a peu d'exemples que la popularité doive être
considérée comme le criterium du mérite[1]. »

Il n'y a pas, durant ces dix dernières années,
d'homme de lettre dont la critique ne se soit plus oc-
cupée. La preuve de l'accroissement de sa popularité
est dans deux grandes éditions américaines de ses
œuvres : l'édition Stedman-Woodberry de 1895 et
l'édition Virginia qui vient de paraître[2]. Bref, si la
généralité des Américains ne s'accorde pas avec les
Français à considérer Edgar Poe comme le plus
grand de leurs poètes, ils ne laissent pas de lui reconnaître une place privilégiée dans la poésie comme
dans la prose. S'il n'est pas la plus brillante étoile de
la constellation des poètes américains, il est certainement une étoile de première grandeur.

[1] Poe, vol. IV, p. 280.

[2] Cette édition de dix-sept volumes, la meilleure qui ait paru
et qui fera autorité comme texte. est rédigée par James-Albert
Harrison et éditée par Thomas Crowell, New-York. Cette édition
étant difficile à se procurer. nos références s'adressent à l'édition
Ingram.

CHAPITRE PREMIER

LES RAPPORTS GÉNÉRAUX ENTRE LES DEUX POÈTES

La fatale passion de Baudelaire.

Le mot tragique peut qualifier également les existences de Poe et de Baudelaire, car, dans la vie réelle, il ne suppose pas, comme dans la littérature dramatique, un dénouement sanglant et meurtrier. Il évoque plus simplement les troubles et les déboires d'une existence tourmentée, dont le théâtre n'a que faire, mais dont les poignants combats nous émeuvent dans la vie réelle. La vie de Baudelaire fut assombrie, et sa mort fut probablement hâtée par un penchant analogue à celui qui fit sombrer la vie d'Edgar Poe. Nous aimerions à accepter les assertions de Théophile Gautier lorsqu'il réfute l'opinion communément reçue, qui attribue sa mort à l'opium ; mais ses poèmes et ses *Paradis artificiels* sont si imprégnés de cette fumée d'opium que nous croirions encore à sa fatale passion

même s'il ne l'avait pas avouée dans quelques-unes
de ses lettres intimes[1].

La consécration tardive du génie de Baudelaire.

Le génie de Baudelaire a une destinée semblable à
celui de Poe par sa consécration également tardive,
qui justifie sa propre observation, à savoir que « le
public est, relativement au génie, une horloge qui
retarde[2] ».

Son influence sur la poésie contemporaine a nécessité l'invention du terme « baudelairisme ». Le témoignage de l'accroissement de sa gloire est attesté
par le monument récemment érigé à Paris à sa mémoire ; et vingt ans seulement nous séparent de l'é-
poque où son portrait, œuvre de valeur cependant, se
voyait dédaigneusement refuser l'accès des galeries
du Luxembourg.

Une intimité intellectuelle sans connaissance personnelle.

Personne ne s'est jamais plus profondément pénétré des œuvres d'un auteur que Baudelaire de celles
de Poe. Mais sur la vie du poète il n'avait que des
renseignements très bornés, à en juger par les inexac-
titudes de la notice biographique qui précède ses

---

[1] Crépet, *Œuvres posthumes et correspondances inédites*,
p. LXXXVII.
[2] Baudelaire, vol. III, p. 16.

traductions. Presque toutes les dates sont fausses. De
plus, Poe ne fut pas expulsé de l'Université de Charlotteville, et le voyage romanesque dans l'Orient, où
il aurait pris part à la défense des Hellènes contre les
Turcs, est une pure légende que Baudelaire a re-
cueillie dans quelque biographie fantaisiste.

C'est là une autre preuve qu'il manquait à l'influence de Poe sur Baudelaire l'élément d'une ami-
cale association. Cependant tout écrivain met, qu'il
veuille ou non. quelque chose de sa propre personnalité dans ses écrits. de sorte qu'il est permis à ses
lecteurs inconnus de s'imprégner de cette personnalité. de pénétrer les idées de l'auteur et d'être in-
fluencé dans une certaine mesure par elles. Nous sor-
tons donc souvent de nos lectures avec des idées nouvelles. et nous saisissons plus clairement des notions
qui séjournaient, indistinctes jusque-là, dans notre
esprit. C'est ce commerce intellectuel, auquel nous
nous sommes tous livrés. qui existait entre Baudelaire
et Poe. et nous étudierons précisément ce que le poète
français a pu gagner à ce commerce.

Le commencement de cette intimité avec Poe.

Baudelaire a connu pour la première fois les œuvres
de Poe par les traductions de certaines de ses *Nouvelles* qui ont paru. en 1846, dans les journaux français. Quoiqu'il n'y eût pas de commerce personnel. il
s'établit entre les deux poètes une ardente sympathie
que Victor Hugo a bien caractérisée en l'appelant

« une intimité fraternelle ». A cette époque, l'activité littéraire de Poe était déjà presque à son terme et les principales œuvres de Baudelaire n'avaient pas encore paru. Par conséquent toute ressemblance entre les écrits des deux auteurs, qu'on ne peut expliquer comme provenant d'une simple affinité naturelle, doit être acceptée comme la trace d'une influence exercée par Poe sur Baudelaire.

Nous bornerons notre étude de Poe à l'examen de ses œuvres éditées, dans la conviction que c'est par elles seules que cette influence a pu agir ; et nous emprunterons nos citations à l'édition Ingram, en quatre volumes.

Quant à Baudelaire, nous étudierons ses œuvres complètes, *édition définitive,* ainsi que ses œuvres posthumes et correspondances inédites, car cette influence se manifeste parfois dans ses lettres et dans des ouvrages qu'il n'a jamais pu finir.

L'origine de l'ouvrage inachevé « Mon cœur mis à nu ».

Parmi ces travaux inachevés, il y a un journal intime intitulé *Mon cœur mis à nu,* que l'on a trouvé sur des feuilles volantes chez son éditeur. Ce journal, qui aurait été un résumé de la vie intellectuelle et morale du poète, et qui, même en forme de notes prises au jour le jour, est un manuscrit précieux à cause de son caractère personnel, a dû intriguer ses critiques quant à sa raison d'être, que nous croyons découvrir.

Parmi des notes sans suite, publiées par Poe sous le nom de « Marginalia », se trouve une petite esquisse : *Une suggestion pour Titre — Mon cœur mis à nu* (Suggested Title — (Heart Laid Bare). Il dit, en substance, ceci : « L'homme ambitieux, qui veut trouver le chemin de la gloire et révolutionner le monde de la pensée humaine, n'a qu'à écrire un tout petit livre dont le titre : *Mon cœur mis à nu,* soit l'annonce véritable de ce qu'il contient.... Mais personne n'a cette hardiesse et ne l'aura jamais[1]. »

Baudelaire a relevé ce défi et, s'il avait vécu, c'eût été lui qui aurait révolutionné le monde de la pensée humaine, selon l'expression de Poe, en écrivant ce livre, fidèle interprète d'un cœur.

Un contraste entre Poe et Baudelaire.

Nous devons, avant de constater quelque analogie entre Edgar Poe et Baudelaire, considérer un point sur lequel ils diffèrent totalement. Le caractère immoral de quelques-uns des poèmes de Baudelaire est incontestable. En dépit de l'opinion de d'Aurevilly, qui ne trouve pas que Baudelaire ait donné des attraits au vice, la sensualité trop évidente de certains de ses poèmes ne permet pas de transiger, bien que la spiritualité de quelques autres forme avec eux un contraste frappant. On ne saurait, au contraire,

[1] Poe, vol. III, p. 459.

relever la moindre trace de lubricité dans les œuvres
d'Edgar Poe. Baudelaire lui-même rend hommage en
ces termes à la pureté de l'auteur américain : « Mal-
gré son talent pour le grotesque et l'horrible, il n'y a
pas dans toute son œuvre un seul passage qui ait
trait à la lubricité ou même aux jouissances sen-
suelles![1] » Baudelaire nous chante les charmes de
ses maîtresses, et Poe nous présente ses types de
femmes comme entourées d'une auréole d'idéale pureté.

Nous voulons comparer les deux auteurs dans leur
style, dans les traits caractéristiques de leur talent
et dans certaines de leurs opinions philosophiques et
littéraires, et nous conclurons en établissant le curieux parallélisme de leur idéal poétique.

[1] Baudelaire. vol. V, p. 24.

CHAPITRE II

La facture de leurs vers.

La personnalité du style poétique nous empêche de trouver autre part que dans des nuances les témoignages d'une analogie entre deux poètes dont la nationalité et le vocabulaire sont si différents.

Nous examinerons d'abord la facture de leurs vers. Baudelaire a une forme qui touche à la perfection. Par la sévérité de son vers il dépend de l'école parnassienne. Feuilletons au hasard ses poèmes et nous nous convaincrons de la vérité du propos de Théophile Gautier : « La question de métrique dédaignée par tous ceux qui n'ont pas le sentiment de la forme, et ils sont nombreux aujourd'hui, a été considérée comme très importante par Baudelaire[1]. » Poe attachait la même importance au rythme. Son vers a

---

[1] *Notice sur Charles Baudelaire*, p. 11.

la précision des mètres classiques et son traité de versification est une des expositions les plus claires que nous connaissions sur le sujet. Il a dit dans sa critique sur les ballades de Longfellow : « Nous ne pouvons nous décider à admettre, comme le font quelques-uns, le caractère secondaire du rythme. Bien au contraire, son usage universel jusque dans les tentatives poétiques les plus reculées de l'humanité tout entière nous persuade de son importance élémentaire et essentielle[1]. » La facture des vers de Baudelaire et de Poe est, en effet, telle qu'il est impossible de trouver un mot dont la substitution à celui qu'ont choisi les deux poètes donne à leur phrase une signification plus parfaite.

Allitération chez les deux poètes.

Baudelaire obtient souvent un effet agréable par l'emploi de l'allitération, c'est-à-dire le retour déterminé dans le vers d'une certaine consonne. Elle augmente l'harmonie du vers et elle donne au style un contour poli très original. A titre d'exemple nous citerons les vers suivants, pris au hasard dans ses poèmes :

> La mer *glissant* sur les *gouffres* amers.
>
> . . . .
>
> Où la *prière* en *pleurs* s'exhale des ordures.
>
> . . . .

[1] Poe, vol. IV, p. 356.

Et qui, *soûl* de son *sang* préférerait en *somme*.

 .   .   .   .

De peine, de *sueur* et de *soleil* cuisant.

 .   .   .   .

Où les *pastels plaintifs* et les *pâles* Boucher.

 .   .   .   .

Aux *couleurs* du *couchant* reflétées par mes yeux.

 .   .   .   .

Le long des chariots où *les leurs* sont blottis.

 .   .   .   .

Qui viennent gaspiller leurs *sanglantes sueurs*.

 .   .   .   .

Dans des *fauteuils fanés* de courtisans vieillis.

C'est un des caractères les plus caractéristiques du style de Poe, et aucun poète n'en a tiré de plus heureux effets. Nous ne citerons que les cas qui se trouvent dans un seul poème de cent huit vers, *Le Corbeau :* « Weak and weary, — surcease of sorrow, — rare and radiant, — silken sad, — entreating entrance, — doubting dreaming, — flirt and flutter, — stopped or stayed, — gastly grim, — not a feather then he fluttered, — friends have flown, — startled by the stillness, — stock and store, — followed fast, — grim, ungainly, gaunt, — burned into my bosom's core, — violet velvet, — leave my loneliness, — tempest tossed thee, — swung by Seraphim whose footfalls tinkled on the tufted floor. »

L'allitération, procédé étranger à la poésie française en général, et plus ancien que la rime, dans les poésies anglaise et allemande, est si marquée dans le style de Poe qu'il n'y a pas de doute que Baudelaire ne lui doive cette particularité.

Le refrain : procédé employé par tous les deux.

Nous relevons l'influence de Poe dans une autre particularité de forme : l'usage du refrain. Si Baudelaire avait cherché son inspiration dans la poésie du moyen âge, il serait présomptueux de faire un tel rapprochement ; mais ce n'était pas de ce côté-là qu'il a tourné les yeux. Ce ne sont pas non plus les chansons populaires qui lui en ont suggéré l'emploi. Quand on pense au dédain que tous les genres populaires de la littérature lui inspiraient, on est plutôt surpris qu'il ait tiré parti d'un procédé qui pouvait ressembler même extérieurement à une forme populaire.

Mais le refrain de Baudelaire n'est pas la répétition monotone d'un vers. Ce ne sont pas de simples sons dénués de sens qui reviennent périodiquement à nos oreilles avec un cliquetis sonore et obsédant, ainsi que dans les chansons populaires. C'est le retour d'un vers aussi rempli de sens qu'il est plein d'harmonie, et chaque reprise semble renforcer l'idée. C'est Poe qui lui apprit le pouvoir de ce refrain purement littéraire. La forme favorite du refrain de Baudelaire consiste dans la répétition constante du premier vers à la fin de chaque strophe. Poe dit que l'emploi modéré de ce refrain est légitime et goûté par les esprits les plus cultivés. Ce procédé se trouve par exemple dans *Réversibilité*, *Mœsta et Errabunda*, *l'Irréparable* et *le Balcon*, dont nous citerons une seule stance de ce genre :

> Mère des souvenirs, maîtresse des maîtresses,
> O toi tous mes plaisirs ! O toi tous mes devoirs !
> Tu te rappelleras la beauté des caresses,
> La douceur du foyer, et le charme des soirs,
> Mère des souvenirs, maîtresse des maîtresses !

Le Jet d'eau, Invitation au voyage, Litanies de Satan, Harmonie du soir et *Hymne XCIV,* nous fournissent d'autres exemples de refrain dont l'usage nous fait retrouver clairement les traces de l'influence de Poe ; car tous les poèmes typiques de ce dernier en contiennent nécessairement un. Il dit dans sa *Philosophy of Composition* que l'usage universel de ce procédé est la preuve de sa valeur intrinsèque. Le vers le plus connu de Poe est, sans conteste, le refrain :

> Quoth the Raven : Nevermore !
> (Le Corbeau dit : Jamais plus.)

Les poèmes suivants viennent confirmer l'idée que le refrain est un trait essentiel du style de Poe : *The Bells, Annabel Lee, Ulalume, Eldorado* et *Bridal Bells.*

La rime chez Baudelaire.

Les ressemblances de style sont malaisées à trouver, car ce qui est ornement de style dans une langue peut être d'un goût douteux dans une autre. Ainsi la rime des mots homonymes en français est agréable à l'oreille, et Baudelaire s'en est servi dans beaucoup de cas, comme il suit : *mord — mort, cher — chair, court — cour, soûl — sou*, etc. Nous chercherions en vain des rimes semblables, qui sont contraires au génie de la poésie anglaise et américaine.

La rime chez Poe.

Réciproquement, quelques caractéristiques du vers de Poe n'ont pas d'écho dans la poésie de Baudelaire. Telle est la rime inattendue qui se trouve à l'intérieur du vers et dont Poe a fait le plus brillant ornement de son style. Notez, par exemple, les vers suivants :

Thrilled me — *filled* me with fantastic terror never felt before
. . . .
Can *ever dissever* my soul from the soul
. . . .
For the moon never *beams* without bringing me dreams.

Ce procédé qui charme les oreilles anglaises et américaines est condamné par Malherbe, et les poètes français l'évitent.

Les analogies entre les deux poètes sont par conséquent peu nombreuses, et elles sont trop faibles pour bien montrer la similitude de leurs génies; mais celle-ci nous frappe davantage en ce qui concerne le fond.

CHAPITRE III

CARACTÈRES COMMUNS DE LEUR POÉSIE :
LE PARFUM ET LE SYMBOLE

Poe et Baudelaire sont poétes olfactifs.

La prééminence des parfums dans leurs images poétiques est aussi forte chez l'un que chez l'autre. De même que Victor Hugo est un poète de type visuel, Baudelaire est un poète du type olfactif; c'est-à-dire que le sens de l'odorat, très développé chez lui, est la source immédiate de son inspiration. C'est là le trait le plus frappant du talent de Baudelaire. Il n'existe pas, chez lui, de particularité plus sensible que la fréquence de ses appels aux expressions qui interprètent nos sensations olfactives.

Les parfums chez Baudelaire.

On lui accorde l'honneur d'avoir créé la poésie des odeurs. « Au moins, dit Brunetière, il a su lui donner une place et une importance toute nouvelle —

une importance légitime et une place durable — dans l'art encore alors tout musical, plastique ou pittoresque des Lamartine, des Hugo et des Gautier. »

Quoiqu'il doive beaucoup à ses prédécesseurs : Gautier, Vigny et Sainte-Beuve, il mérite l'honneur d'avoir, selon sa propre expression. « agrandi le répertoire » de la poésie française en y ajoutant un nouveau sens : celui des parfums. Nous comptons dans les *Fleurs du Mal* une soixantaine d'expressions qui s'adressent au sens de l'odorat. Faisons un choix de ces expressions caractéristiques.

> Comme l'*ambre*, le *musc*, le *benjoin* et l'*encens*.
>
> . . . .
>
> Le Printemps adorable a perdu son *odeur !*
>
> . . . .
>
> Un *parfum* nage autour de votre *gorge nue !*
>
> . . . .
>
> Un *parfum* mélangé de *musc* et de *havane*.
>
> . . . .
>
> Les plus rares fleurs mêlant leurs *odeurs*.
>
> . . . .
>
> Pendant que le *parfum* des verts tamariniers.
>
> . . . .
>
> Je m'enivre ardemment des *senteurs* confondues
>
> . . . .
>
> De l'*huile de coco*, du *musc* et du *goudron*.

Les parfums chez Poe.

Ce trait du style de Baudelaire est dû, en grande partie, à son goût inné pour les parfums : mais il y a

---

¹ Brunetière, *Nouveaux essais sur la littérature contemporaine*, p. 136.

une analogie si évidente avec Poe que nous pourrons, peut-être, y voir une influence sur le poète français. Il s'inspire, lui aussi, des parfums. Dans ses poésies, qui sont peu nombreuses, nous détachons les expressions suivantes qui témoignent de ce trait :

Then methought the air grew denser, perfumed from an unseen
                                                              [censer

The roses that gave out in retourn for the love light,

Their *odorous* souls in an estatic death.

To breath the *incense* of those slumbering roses.

The very roses *odours* died in the arms of the adoring airs.

A winged *odour* went away

A holier *odour*.

Lit us taste the *fragrant* air

With what excessive *fragrance* the zephir comes.

That gently on a *perfumed* sea.

An *opiate vapour* dewy, dim.

Bursting its *odorous* heart

To bear the goddess' song in *odours* up to Heaven.

Love who daily *scents* his snowy wings.

Des expressions semblables sont fréquentes dans ses nouvelles surtout dans *Eleonora,* nouvelle pastorale, qui a tout le charme de *Paul et Virginie.* Dans cette nouvelle il parle de *fragrant flowers,* de *vanilla perfumed grass* et de *air perfumed with the censers of the angels*. La dernière image se retrouve dans le vers suivant de Baudelaire :

Sa chair a le parfum des anges.

Nous croyons que Poe, lui aussi, est du type olfactif ; et il est probable que le poète, dont « l'âme voltige sur les parfums comme l'âme des autres hommes voltige sur la musique[1] », s'est inspiré de celui qui a dit, dans un style plus prosaïque : « Je crois que les odeurs ont une force particulière évocatrice d'image, force qui diffère essentiellement de celle des objets qui parlent au toucher, au goût, à la vue ou à l'ouïe[2]. » On remarque, cependant, que Poe aime les parfums doux qu'exhalent les roses ou les fleurs sauvages, tandis que Baudelaire s'inspire plutôt des fortes odeurs exotiques, telles que le musc et le benjoin.

Le caractère symbolique des poésies de Baudelaire.

Baudelaire ne peut être strictement classé comme poète romantique, parnassien ou symboliste. Il a, pourtant, certaines caractéristiques qui l'unissent à chacune de ces trois écoles. Il est romantique par le caractère personnel de ses poésies et par la hardiesse de son style ; il est parnassien par la perfection de la forme et la sévérité de son rythme, et deux autres

[1] Baudelaire, vol. IV, p. 47.
[2] Poe, vol. III, p. 416.

traits l'attachent aux symbolistes, la vague suggestion des correspondances entre les sons, les couleurs, les parfums et la signification symbolique qui se trouvent dans ses poésies.

On voit le premier trait dans ce vers tiré de son poème *Les Correspondances* :

> Les parfums, les couleurs et les sons se répondent,

et l'idée de la même correspondance se retrouve encore dans ces vers :

> Son haleine fait la musique,
> Comme sa voix fait le parfum[1].

Il n'y a pas, à proprement parler, dans Baudelaire des symboles suivant la définition de Lemaitre : « Un symbole est une comparaison dont on ne nous donne que le second terme, un système de métaphores suivies[2]. » Pourtant la poésie de Baudelaire revêt un tel caractère allégorique que personne ne nierait le jugement de Lanson qui lui attribue comme sa forme favorite le poème symbolique court et concentré. Ce qu'il dit s'applique aussi à Poe. Les deux poètes voient partout des symboles. Pour Poe :

> All Nature speaks, and even ideal things
> Flap shadowy sounds from visionary wings[3].

(La Nature entière parle, et les choses de l'imagination elle-même ont des battements d'ailes qui sont d'obscures paroles.)

---

[1] Baudelaire, *Les Fleurs du Mal*, p. 147.
[2] Lemaitre, *Les Contemporains*, vol. IV, p. 70.
[3] Poe, vol. III, p. 66.

Et pour Baudelaire :

> La nature est un temple où de vivants piliers
> Laissent parfois sortir de confuses paroles ;
> L'homme y passe à travers des forêts de symboles
> Qui l'observent avec des regards familiers[1].

Le lecteur de Baudelaire passe, lui aussi, à travers de nombreux symboles, dont le poète lui offre l'énigme. Tel est, par exemple, *Le voyage à Cythère*, qui peint les horreurs d'une âme enchaînée à la passion charnelle.

Caractère symbolique des poésies de Poe.

Poe, de même, regardait comme une exigence éternelle dans un poème une certaine quantité d'esprit suggestif, quelque chose comme un courant souterrain de pensée, non visible, indéfini ; et tous ses meilleurs poèmes remplissent cette condition. Ainsi, dans *Le Corbeau*, l'oiseau de mauvais augure est le symbole du souvenir funèbre et éternel, mais ce n'est qu'au dernier vers de la dernière strophe qu'il est permis au lecteur d'entrevoir cette signification souterraine. Dans un autre poème, *The Haunted Palace* (Le Palais hanté), la désolation du palais autrefois radieux symbolise l'horrible état de l'âme dans laquelle la raison a été détrônée. Nous serons mieux

---

[1] Baudelaire, vol. I, p. 92.

compris si nous citons quelques stances de ce poëme
caractéristique :

I

Dans la plus verte de nos vallées
    Par les bons anges habitée
Autrefois un beau et majestueux palais,
    — Un rayonnant palais, — dressait son front.
C'était dans le domaine du monarque Pensée,
    C'était là qu'il s'élevait.
Jamais séraphin ne déploya son aile
    Sur un édifice à moitié aussi beau.

II

Des bannières blondes, superbes, dorées,
    A son dôme flottaient et ondulaient :
(C'était, — tout cela, dans le vieux,
    Dans le très vieux temps),
Et, à chaque brise qui se jouait
    Dans ces suaves journées,
Le long des remparts chevelus et pâles
    S'échappait un parfum ailé.

. . . .

VI

Et maintenant les voyageurs dans cette vallée,
    A travers les fenêtres rougeâtres, voient
De vastes formes qui se meuvent fantastiquement
    Aux sons d'une musique discordante ;
Pendant que, comme une rivière rapide et lugubre,
    A travers la porte pâle,
Une hideuse multitude se rue éternellement,
    Qui va éclatant de rire, — ne pouvant plus sourire [1].

Enfin, le même caractère symbolique se trouve

----

[1] Traduction par Baudelaire.

dans *The Conqueror Worm*[1] (Le Ver conquérant), poème qui représente la vie humaine sous l'image d'une tragédie : Les acteurs sont de pauvres marionnettes qui vont et viennent au commandement de vastes êtres indéfinissables qui transportent la scène çà et là. Baudelaire, dans la préface des *Fleurs du Mal*, emploie le même symbole en disant :

C'est le diable qui tient les fils qui nous remuent[2].

[1] Poe, vol III, p. 21.
[2] Baudelaire, vol. I, p. 80.

CHAPITRE IV

Leur poursuite de l'étrange et de la nouveauté.

Tous les critiques accordent à Baudelaire le mérite de l'originalité ; mais c'est souvent une étrangeté voulue et obtenue, quelquefois au dépens du bon goût. Ainsi, les *Litanies de Satan*, qui parodient les antiennes sacrées de l'Église, nous impressionnent plutôt par l'intense désir du poète de trouver une forme originale et bizarre que par sa perversité. Il y a toujours dans les conceptions poétiques de Baudelaire un élément d'étrangeté, car le poète, dans sa théorie du beau en littérature, donnait une place importante à l'étonnement. Cette poursuite de l'étrange et de l'extraordinaire serait une conséquence logique de son intimité avec les œuvres de Poe qui avait la même préoccupation.

Leur foi dans l'alliance de l'étrange et du beau se manifeste dans les paroles de Baudelaire au sujet des

Nouvelles de Poe : « Elles semblent avoir été créées pour nous démontrer que l'étrangeté est une des parties intégrantes du beau[1]. » Poe disait lui-même, dans sa théorie, qu'épouse Baudelaire, que l'étrangeté, en d'autres termes la nouveauté, est un élément important du beau, et il se réclame de Lord Bacon en disant qu'il n'y a pas de beauté exquise sans quelque étrangeté dans les proportions.

« J'ai toujours eu en vue l'originalité du thème, dit-il, car il est traître envers lui-même celui qui risque de se passer d'un moyen d'intérêt aussi évident et aussi facile[2]. » Ses *Nouvelles* ont, presque sans exception, une intrigue bizarre ; et, de même, les poèmes de Baudelaire présentent presque toujours une étrange conception poétique. C'est ainsi que Poe déclare que la recherche de l'originalité du thème est une chose qui répond au désir fondamental que l'âme a du nouveau[3]. La force de ce désir dans l'âme de Baudelaire lui fait s'écrier, dans les derniers vers des *Fleurs du Mal :*

> Nous voulons. . . . .
> Plonger au fond du gouffre, Enfer ou Ciel, qu'importe?
> Au fond de l'Inconnu pour trouver du *nouveau.*

[1] Baudelaire, vol. V, p. 11.
[2] Poe, vol. III, p. 266.
[3] Id., vol. IV, p. 229.

Leur mystification.

On a justement accusé Baudelaire d'une tendance à mystifier ses lecteurs. Comment expliquer autrement l'obscurité de nombre de ses poèmes dont l'étude ne nous fournit aucune interprétation satisfaisante? La première lecture de la pièce qui commence ainsi :

> Je t'adore à l'égal de la voûte nocturne,
> O vase de tristesse, ô grande taciturne [1].

nous laisse rêveurs sans que nous puissions deviner s'il invoque, en définitive, la lune ou sa brune maîtresse. Les phrases élégantes de la pièce intitulée *Une gravure fantastique* sont d'une clarté littérale indubitable, mais l'allégorie qui s'y cache est difficile à découvrir, car l'obscure enveloppe ne se déchire pas aisément.

De son vivant, il aimait à amuser ses auditeurs par des histoires ingénieuses de son voyage dans l'Inde, et Eugène Crépet, dans son *Étude biographique*, raconte plusieurs de ses mystifications. Ce voyage, que ses parents l'avaient engagé à faire à l'âge de vingt ans pour donner un autre cours à ses idées, qui se tournaient déjà du côté de la poésie, fut certainement sans privations ni fatigues, car une somme de cinq mille francs avait été empruntée pour en payer les

---

[1] Baudelaire, vol. I, p. 121.

frais. Et, cependant, il raconte à un ami qu'il a fait
des fournitures de bétail pour l'armée anglaise, à un
autre il dit qu'il s'est embarqué comme pilotin et qu'il
a subi des traitements dont il parle avec horreur.

Cette tendance constitue une affinité naturelle avec
Edgar Poe, lequel était à ses jours le plus grand mys-
tificateur de la littérature américaine. Il a mystifié
son monde dans quelques-unes de ses poésies et dans
toute une série de *Nouvelles*. La signification symbolique de son meilleur poëme, *Le Corbeau*, est si enveloppée d'obscurité qu'elle reste encore une énigme
pour beaucoup de personnes. *Le Canard au Ballon
(The Balloon Hoax)* qui parut dans un journal quo-
tidien comme un fait positif, sous la rubrique :
« L'Atlantique traversé en trois jours! » fut une de
ses mystifications bien réussies.

Ce qu'il y avait d'original et de vraiment nouveau
dans ces contes, où il abusait de la crédulité de ses
lecteurs, fut son emploi des faits et des principes de
la science pour rendre plausibles les fictions de son
esprit, qui sont toutes travaillées avec une admirable
logique scientifique. Ce devait être plus tard la caractéristique des romans de Jules Verne.

Après avoir amoureusement embrouillé pour son
lecteur l'écheveau de son intrigue, il prend, quelquefois, un égal plaisir à le lui dérouler brusquement.
Ainsi, dans *Le Scarabée d'or (The Gold Bug)*, cette
histoire qui nous raconte la découverte du trésor ca-
ché du fameux pirate, le capitaine Kidd. L'auteur,
pendant plus de la moitié du récit, nous porte à croire

que nous avons affaire à des forces mystérieuses et occultes. Nous arrivons enfin à un point culminant où éclate à nos yeux une explication qui nous montre dans chaque incident l'intervention possible d'une loi naturelle.

On voit bien que Poe aimait à surprendre ses lecteurs, et qu'il aurait souscrit à ce jugement de Baudelaire : « Après le plaisir d'être étonné il n'en est pas de plus grand que celui de causer une surprise[1]. » Ceci nous prouve donc bien que ce n'est pas par dépit de ne les avoir pas compris et par pure incapacité artistique que des critiques appelèrent les deux hommes des mystificateurs ; ils prennent soin eux-mêmes de nous dévoiler leur penchant.

Le goût de la mystification ne s'allie pas avec un amour profond de la vérité. Poe faisait peu de cas de la véracité. Il n'a pas hésité à mentir à l'occasion, et son meilleur biographe refuse d'accepter aucune de ses assertions concernant sa propre existence si elle n'est pas confirmée par d'autres témoignages. De même, Baudelaire n'adhérait pas toujours strictement à la vérité. Il dit, au contraire, dans *L'Amour du Mensonge*, que son cœur « fuit la vérité » et *Semper Eadem* contient ce vers :

> Laissez, laissez mon cœur s'enivrer d'un mensonge.

A propos des *Fleurs du Mal*, il dit qu'il y avait mis toute sa pensée, tout son cœur, toute sa religion et

[1] Baudelaire, vol. IV, p. 84.

toute sa haine ; mais il ajoute : « Il est vrai que j'é-
crirai le contraire, que je jurerai que c'est un livre
d'art pur..... et je mentirai comme un arracheur de
dents[1]. »

Nous sommes loin de considérer ces deux poètes
comme des menteurs, mais il faut avouer que s'ils se
rencontrent dans mainte haute qualité d'âme, ils
avaient tous deux le défaut de ne pas exalter au-dessus de toute chose la véracité.

Leur goût pour le mystère.

Baudelaire était également épris de mystification et
de mystère. Le charme que revêt à ses yeux ce dernier se manifeste d'abord dans l'emploi fréquent
qu'il fait dans ses poèmes des expressions qui suggè-
rent cette idée. Ainsi les mots *mystère, mystérieux*
et *mystique* se trouvent partout dans ses poésies.

La trame de ses *Paradis artificiels* et de nombre
de ses poèmes se développe dans une atmosphère que
les titres, parfois, nous font pressentir, et qu'explique
cette théorie que nous relevons dans son journal iné-
dit, *Fusées :* « C'est l'un des caractères de beauté les
plus intéressants — le mystère. »

Poe, que Baudelaire appelait justement « le prince
du mystère », semble bien avoir pris une grande part
à la formation de cette tournure d'esprit. Bien qu'il
n'en fasse pas mention dans ses théories du beau,

---

[1] Crépet, LXIV.

c'est cette ombre mystérieuse qui nous charme dans ses œuvres et qui a surtout fasciné Baudelaire. Souvent dans ses contes l'esprit du lecteur est progressivement amené du naturel au surnaturel à travers un domaine qui côtoie l'un et l'autre; et nous sommes abandonnés dans un pays fantastique à l'existence duquel nous finissons presque par croire.

Caractère de vague rêverie.

Ses contes magiques nous font rêver sur la réalité des choses qui nous entourent, et, à leur lecture, la fantaisie de Poe nous revient, que dans une existence future nous regarderons peut-être notre présente vie comme un rêve.

Une atmosphère de vague rêverie règne dans Baudelaire qui le rapproche de Poe. On la remarque dans le fréquent emploi de termes qui expriment l'idée de rêverie, tels que :

N'es-tu pas l'oasis où je *rêve* ?

. . . .

Plonger dans vos beaux yeux comme dans un beau *songe*.

. . . .

Je suis belle, ô mortels ! comme un *rêve* de pierre.

. . . .

Et fait *rêver* un soir les cervelles humaines.

Dans Poe nous relevons autant d'expressions semblables :

This is nothing but *dreaming*.

. . . .

> By angels *dreaming* in the moon- lit dew.
>
> . . . .
>
> In bowers whereat in *dreams* I see.
>
> . . . .
>
> In *dreams* of thee.

En outre, plusieurs titres, tels que : *A Dream, Dreamland* et *Dream within a Dream* donnent une idée de la mélodieuse rêverie qui chante dans ses poésies.

L'arrière-plan des tableaux de Baudelaire n'est jamais clairement dessiné. Il est vrai « qu'au fond de la poésie la plus sombre souvent s'ouvre une fenêtre par où l'on voit, au lieu des cheminées noires et des toits fumeux, la mer bleue de l'Inde ou quelque nuage d'or[1] » ; mais ce fond de tableau, que signale Théophile Gautier, n'est que très vaguement estompé Nous pouvons entrevoir ce décor indistinct dans les poèmes intitulés *Parfum exotique, La Chevelure* et d'autres.

De même, Poe semble tremper ses pinceaux dans une couleur indécise, et la scène de ses rêveries se passe souvent dans une « île verte de la mer » ou dans « quelque île lointaine et enchantée ». Ce caractère vague était prémédité chez lui, car il déclare expressément qu'un poème diffère d'un roman en ce qu'il procure un plaisir indéfini, celui du roman étant un plaisir défini[2]. Il a dit, d'ailleurs, que « l'indéfini est toujours un élément de la vraie poésie[3] ».

---

[1] Théophile Gauthier, *Notice sur Charles Baudelaire*, p. 14.

[2] Poe, vol. III, p. 318.

[3] Id., vol. III, p. 457.

De ces diverses tendances communes de leurs esprits, poursuite de l'étrange, goût pour la mystification et le mystère, et la vague rêverie qui carac-
térise leurs inspirations, nous pouvons conclure que
le mot suivant de Poe s'applique aux deux auteurs :
« It is a happiness to wonder; it is a happiness to
dream. » (Être étonné, c'est un bonheur; et rêver,
n'est-ce pas un bonheur aussi[1]?)

[1] Poe, vol. I, p. 388.

CHAPITRE V

LEUR MÉLANCOLIE ET LEUR ENNUI

Les thèmes de leur mélancolie.

Baudelaire, autant que Poe, était de ceux qui rêvent éveillés, et dont la connaissance s'étend à mille choses qui échappent à ceux qui ne rêvent qu'endormis, selon l'expression de Poe. Leurs rêveries sont d'un ton mélancolique, et la mort en forme souvent le thème. Nous voyons dans leurs poèmes la tristesse de leurs espoirs trompés, la non-réussite de leur idéal, la vanité de leurs luttes contre la passion et le constant retour à l'idée de la mort.

Poe regrette, dans *Le Corbeau*, ses espoirs frustrés :

On the morrow he will leave me as my *hopes* have flown before. *
(Demain il m'abandonnera comme déjà se sont envolés mes espoirs.)

Il représente, dans *The Conqueror Worm*, sous l'image d'un fantôme éternellement pourchassé par

une foule qui ne peut pas le saisir, la morne impossibilité d'atteindre l'idéal. Enfin, pour exprimer la force
irrésistible de la passion, il chante :

> The terrible torture of thirst
> For the napthaline river
> Of Passion accursed.

(La terrible torture de la soif du fleuve aux ondes de naphte qui
se nomme la Passion.)

Nous retrouvons ces mêmes sentiments de mélancolie dans Baudelaire. Lui aussi voit ses espoirs déçus
quand il crie :

> L'espérance qui brille aux carreaux de l'auberge
> Est soufflée, est morte à jamais !

Lui aussi il vole après son idéal, mais ses ailes se
cassent « sous je ne sais quel œil de feu ». Enfin, il
nous fait sentir l'esclavage de la passion, à laquelle
il est lié « comme le forçat à sa chaîne ».

La mort envisagée de deux façons différentes.

Ils sont tous deux poètes de la mort, et ils l'en-
visagent tantôt comme un objet d'horreur, et tantôt
comme le but de leurs aspirations.

Ainsi, dans la plupart de ses contes, Poe nous présente la mort avec tout l'odieux réalisme de la pourriture, et dans ses poèmes, il se lamente de sa venue
inopinée qui nous arrache nos bien-aimés. Mais,
d'autre part, il parle du doux repos qu'on doit trouver

dans la tombe et, saisi par un morne ennui, il compare la vie à une fièvre dont la mort est la guérison[1].

De même, les œuvres de Baudelaire nous offrent des contradictions semblables. Tantôt il jouit de la vie et regrette la rapidité que met le temps à la dévorer :

> Chaque instant te dévore un morceau du délice
> A chaque homme accordé pour toute sa saison.
>
> . . . .
>
> *Souviens-toi* que le Temps est un joueur avide
> Qui gagne sans tricher, à tout coup ! c'est la loi.
> Le jour décroit, la nuit augmente, *souviens-toi,*
> Le gouffre a toujours soif ; la clepsydre se vide[2].

Il se lamente de ce que « la mort sorte brusquement de son embuscade et balaye d'un coup d'aile nos plans, nos rêves....[3] ».

Tantôt, au contraire, un lourd ennui l'accable et il s'écrie :

> Tant l'écheveau du temps lentement se dévide[4] !

Il déclare que la mort est « le seul but de la détestable vie », et il l'invoque ainsi comme le seul remède à son ennui :

> O Mort, vieux capitaine, il est temps, levons l'ancre.
> Ce pays nous ennuie, ô Mort ! appareillons !

---

[1] Poe, vol. III. p. 32.
[2] *Les Fleurs du Mal,* CVII.
[3] *Les Paradis artificiels,* p. 348.
[4] *Ibid.,* p. 132.

La mort est décrite par les deux poètes de points de vue différents.

On remarque, cependant, que chez Baudelaire c'est le moribond lui-même qui chante ses complaintes, tandis que chez Poe c'est la douleur, également morne du survivant, qui se lamente autour du tombeau. Chez Baudelaire, c'est toujours le poète qui envisage son propre sort ; c'est sa propre mort dont il fait son spectacle. Baudelaire éprouve un âcre plaisir à se sentir mourir, à raconter les différentes formes de la mort suivant les sentiments dont il est imprégné. C'est la mort de l'amant qui décrit avec complaisance une fin amoureuse. C'est la mort du pauvre pour qui

> C'est l'auberge fameuse inscrite sur le livre
> Où l'on pourra manger, et dormir, et s'asseoir.

C'est, enfin, la mort de l'artiste qui sera peut-être pour lui le signal de l'atteinte de l'idéal.

Poe, au contraire, joint à la description de la mort les sentiments du survivant, et c'est surtout ce qu'éprouve celui-ci qui fait naître en nous un état de sinistre mélancolie. Baudelaire nous présente la mort face à face, tandis que Poe met entre elle et nous un intermédiaire, de sorte qu'en outre de la contemplation de la mort elle-même, nous pouvons encore suivre les effets qu'elle produit sur l'âme de l'assistant, et, finalement, ce sont les sentiments de ce dernier qui finissent par nous gagner et par devenir les nôtres.

Mais les deux poëtes s'accordent dans un pessi-
misme presque identique. Baudelaire ne voit partout
que du mal. Il n'y a pas de plaisir qui dure. Celui
qui s'y attache lui fait l'effet d'un homme roulant
sur une pente et qui, dit-il, « voulant se raccrocher
aux arbustes, les arracherait et les emporterait dans
sa chute[1] ». Il a pu trouver un sentiment analogue
chez Poe pour qui la joie n'est que la source du chagrin : « Comme, en éthique, le mal est la conséquence du bien, de même, dans la réalité, c'est de la
joie qu'est né le chagrin ; soit que le souvenir du
bonheur passé fasse l'angoisse d'aujourd'hui, soit que
les agonies qui *sont* tirent leur origine des extases
qui *peuvent avoir été*. »

La cause de leur mélancolie.

Il est bien évident qu'il y avait chez les deux
poëtes une source personnelle d'où découlait ce sentiment mélancolique, mais nous croyons y voir à la
fois un ennui profondément senti et l'application de
l'un des principes de Poe. Il est certain que celui-ci
ne fit, souvent, de la mort et de l'amertume de son
existence le thème de ses poésies que parce qu'elles lui
semblaient bien répondre au but qu'il se proposait,
la création de la beauté, car il a dit : « Une beauté
de n'importe quelle famille, dans son développement

---

[1] *Mon cœur mis à nu*, XXXIII.

suprême, pousse inévitablement aux larmes une âme sensible. La mélancolie est donc le plus légitime de tous les tons poétiques, et de tous les sujets mélancoliques le plus mélancolique est la mort[1]. »

Baudelaire, lui aussi, voulait créer la beauté, et il est clair qu'à l'exemple de Poe, le souci de cette beauté, autant qu'un dégoût profond de la vie, fut une cause déterminante du choix de son thème également favori : la mort. Il dit, en effet, dans son journal intime, *Fusées,* que la mélancolie est l'illustre compagne de la beauté et qu'il ne concevrait guère un type de beauté où il n'y eût du malheur.

[1] Poe, vol. III, p. 270.

CHAPITRE VI

RÉALISME ET IDÉALISME

L'horrible dans Baudelaire.

Quand Baudelaire, dans *Le Mort joyeux*, présente la mort sous son aspect le plus répugnant et s'adresse aux vers, « noirs compagnons sans oreilles et sans yeux », c'est moins un désir de se livrer à elle qu'une satisfaction de pénétrer ses lecteurs d'un frisson d'horreur, qui se fait sentir.

Dans un des plus minces traités de la littérature française, tout Baudelaire est défini par ce simple mot : « Il voulait mettre l'horrible à la mode en poésie. » En effet, son goût pour la peinture de l'horrible dans son complet réalisme est une marque bien caractéristique de son talent. Son *Art romantique* réclame pour lui un rôle légitime dans la création de la beauté.

Il répudiait donc les théories plus classiques, dans lesquelles le beau est formé par la noblesse de l'ex-

pression et la grandeur du sujet. Les classiques n'au-
raient pas pu aussi profondément sentir « l'irrésistible attraction de l'horrible[1] », car c'est là une idée
qui ne peut naître qu'à une époque déjà décadente.
Baudelaire n'avait pas seulement une curiosité mal-
saine pour l'horrible, mais il savait y trouver des
éléments propres à nous donner la sensation de la
beauté : « C'est un des privilèges de l'art que l'horrible artistement exprimé devienne beauté, et que la
douleur rythmée et cadencée remplisse l'esprit d'une
joie calme[2]. » Il a dit dans l'*Hymne à la Beauté* :

> Tu marches sur des morts, Beauté, dont tu te moques,
> De tes bijoux l'Horreur n'est pas le moins charmant.

Le poëme *La Charogne* n'est qu'une application de
cette théorie. Il décrit le répugnant objet avec un
hideux réalisme et il dépeint avec des métaphores et
des comparaisons vivantes les détails nauséabonds
de la scène. Nous ne citerons qu'une seule stance :

> Les mouches bourdonnaient sur ce ventre putride,
> D'où sortaient de noirs bataillons
> De larves, qui coulaient comme un épais liquide
> Le long de ces vivants haillons.

Mélange de réalisme et d'idéalisme dans Baudelaire.

Le trait le plus frappant de ce réalisme baudelai-
rien est son rapprochement étroit, voire même sa

---

[1] Baudelaire, vol. IV, p. 360.
[2] Id, vol. III, p. 181.

juxtaposition avec un idéalisme presque éthéré. Nous
en avons ici l'exemple : à cette charogne il compare sa
maîtresse, future proie dans la tombe de la vermine.
L'idéalisme apparaît dans la dernière stance qui exprime l'idée que l'image de son amour défunt survi-
vra dans la mémoire du poète à la décomposition du
corps de sa maîtresse gisant dans la tombe :

> Alors, ô ma beauté, dites à la vermine
> Qui vous mangera de baisers,
> Que j'ai gardé la forme et l'essence divine
> De mes amours décomposées.

Réalisme et idéalisme sont mélangés de même dans
la poésie *La Martyre*. Avec l'horreur frissonnante, qui
est la marque du poète, celui-ci nous décrit le corps
mutilé de la femme égorgée. La dernière stance forme
antithèse avec le réalisme des premiers et traduit
l'idée que l'image de la martyre restera l'éternelle et
obsédante compagne du meurtrier :

> Ton époux court le monde, et la forme immortelle
> Veille près de lui quand il dort ;
> Autant que toi, sans doute, il te sera fidèle
> Et constant jusques à la mort.

Le prototype de ce frisson nouveau est dans Poe.

Ce « frisson nouveau » d'horreur que Baudelaire a
introduit dans la poésie française a son prototype
dans Poe ; et sans antécédent dans la littérature française, il n'y a trouvé que des imitateurs. Baudelaire
découvrit sur la trace de Poe ce domaine que la poésie

française avait jusqu'alors ignoré, et celle-ci à son
tour se lança à la découverte de ce monde que Baudelaire lui avait révélé. La source première de cette
orientation nouvelle est dans le poète américain.
Baudelaire reconnaît bien son guide dans Edgar Poe
en l'appelant « le maître de l'horrible », et son goût
à écrire sur de pareils sujets est bien connu.

De même, les *Nouvelles* de Poe font défiler devant
nous de nombreux sujets horribles, tels que des
meurtres, des enterrements prématurés et la décomposition du corps humain. Dans son *Colloque entre
Monos et Una*, il décrit ainsi les horreurs de la tombe :
« On m'enferma dans la bière, on me déposa dans le
corbillard, on me porta au tombeau, on m'y descen-
dit, on amoncela pesamment la terre sur moi et on me
laissa dans la pourriture à mes tristes et solennels
sommeils en compagnie du vers..... Bien des lus-
tres se sont écoulés. La poussière est retournée à la
poussière. Le vers n'avait plus rien à manger[1]. » Le
comble de l'horrible est atteint dans la dernière
phrase de *The Facts in the Case of M. Valdemar (La
Vérité sur le cas de M. Valdemar)*. Elle représente
la dissolution soudaine du corps d'un malade dont la
vie avait été prolongée par l'hypnotisme : « Comme
je faisais rapidement les passes magnétiques à travers des cris de *Mort ! Mort !* qui faisaient littérale-

---

[1] Chaque fois que nous avons pu rendre l'idée de Poe par l'intermédiaire de la traduction de Baudelaire, nous n'avons pas hésité à
le faire ; car notre traduction, sans être plus exacte, n'aurait,
certes, pas pu être plus élégante.

ment explosion sur la langue et non sur les lèvres du
sujet, tout son corps, dans l'espace d'une minute
et même moins, se déroba, s'émietta, se *pourrit*
absolument sous mes mains. Sur le lit, devant tous
les témoins, gisait une masse dégoûtante et quasi
liquide, une abominable putréfaction [1]. »

Le même mélange de réalisme et d'idéalisme dans **Poe**.

Pareil sentiment se rencontre dans beaucoup de
ses contes, mais sa poésie est d'un ton trop idéal pour
nous permettre de trouver de nombreuses comparaisons avec le frisson que nous fait éprouver Baudelaire. Idéalisme et réalisme se mélangent, cependant,
dans un ou deux poèmes, d'une manière qui aurait
pu suggérer à Baudelaire le procédé par lequel celui-
ci obtient un effet de clair-obscur, illuminant son tableau des rayons idéaux de son imagination et en
assombrissant les ombres de son observation réaliste.
Citons à ce propos les trois vers suivants :

> My love, she sleeps ! O may her sleep,
> As it is lasting, so be deep !
> Soft may the worms about her creep [2] !

Poe, qui distinguait si profondément la poésie de la
prose laissait, en général, à la première tout son caractère d'idéal pour donner à sa prose les sentiments les
plus vifs, et y faire les descriptions les plus réalistes

[1] Poe, vol. I, p. 137.

[2] Elle dort, mon amour. Puisse son sommeil être profond aussi
bien qu'éternel ! Que les vers du tombeau rampent doucement autour d'elle.

qui gardent en même temps quelque chose du rêve.

Suivant ses théories poétiques, l'horreur n'appartient pas à la poésie et même la passion en est exclue comme étant « trop naturelle pour ne pas introduire un ton blessant, discordant, dans le domaine de la beauté pure ».

C'est donc dans ses contes qu'il faut chercher ce mélange de réalisme et d'idéalisme que nous venons de retrouver dans Baudelaire. Comme le poète français dans ses poésies, Poe dans sa prose « reproduit ce que nos sens perçoivent à travers le voile de l'âme ». Ce mot de Poe nous prépare à trouver dans ses contes toutes les horreurs de la nature et, en même temps, tout l'idéalisme de nos rêves.

Ainsi, dans *The Fall of the House of Usher (La chute de la maison Usher)*, tout le paysage est peint avec un idéalisme surnaturel. Les vieux murs du manoir, dont les pierres grises sont revêtues de fongosités, se reflètent dans les eaux dormantes d'un étang et sont doués, selon l'imagination visionnaire d'Usher, d'une vraie « sensitivité » qui se manifeste dans la condensation graduelle mais positive d'une atmosphère ambiante qui leur est propre. C'est dans ce milieu irréel que Poe fait dérouler des événements qui glacent le sang. Pendant un orage, lorsque la surface inférieure des nuages et tous les objets d'alentour réfléchissent la clarté surnaturelle d'une exhalaison gazeuse qui enveloppe le château comme un linceul, nous assistons à toutes les horreurs d'un ensevelissement prématuré.

———

CHAPITRE VII

Ce que Baudelaire doit à Poe plutôt qu'à Sainte-Beuve.

Cette prédilection pour décrire des choses qui choquent le goût normal n'est-il pas un symptôme d'un cerveau dérangé ? Baudelaire s'évertue à produire une impression artistique en nous exposant les côtés morbides de son esprit. Suivant l'opinion générale, il n'a fait que développer une tendance déjà marquée dans Sainte-Beuve. Si nous soutenons que l'exemple de Poe a eu encore plus d'effet sur lui que celui de son compatriote, c'est parce que l'analogie entre les deux hommes est plus frappante, et nous croyons que Baudelaire était moins sensible à l'influence même de son compagnon amical, Sainte-Beuve, qu'à celle de Poe, l'ami de son âme, avec qui il avait des entretiens mystiques et à qui, dans la dernière partie de sa vie, il faisait chaque matin sa prière comme intercesseur[1].

---

[1] Baudelaire, *Mon cœur mis à nu*, LXXX.

La rancune.

Quelquefois le titre des contes de Poe provient d'un incident secondaire plutôt que du thème lui-même, et ne laisse pas deviner le caractère du récit. Le titre *The Cask of Amontillado (La barrique d'Amontillado)* n'est pas fait pour nous annoncer l'exposition d'une âme profondément perverse dont la jouissance consiste à se venger complètement d'une injure, et cependant tout le récit est destiné à nous décrire la joie de la perfection dans la vengeance, perfection qui n'est atteinte, selon Poe, que lorsque l'on punit impunément et que l'offensé se fait connaître à l'offenseur. Ce conte fit une forte impression sur Baudelaire, et, à l'exemple de l'auteur américain, il projeta une nouvelle qui devait s'appeler *Une Rancune satisfaite,* mais, comme tant de ses projets, il ne mit pas celui-ci à exécution.

L'obsession des idées fixes.

L'obsession des idées fixes est un état maladif dont Baudelaire a bien tiré parti dans son poème *Obsession.* Le poète, que pourchassaient des idées troublantes, demande successivement aux grands bois, à la mer, à la nuit, enfin, de les lui faire oublier :

> Mais les ténèbres sont elles-mêmes des toiles
> Où vivent, jaillissant de mon œil par milliers,
> Des êtres disparus aux regards familiers.

Baudelaire a jeté les plans de plusieurs romans et pièces de théâtre qu'il n'a jamais finis. De ces notes inédites, rassemblées et classifiées par Eugène Crépet, les titres parfois seuls nous restent. Nous voyons que l'idée de l'obsession y aurait tenu une grande place. Ainsi il se propose d'écrire un roman sur « l'homme qui voit dans sa maîtresse un défaut, un vice imaginaire. *Obsession* », et un autre qui devait présenter « l'homme qui se croit laid, ou qui voit en lui-même un vice imaginaire. *Obsession* ».

Nous ne doutons pas que, s'il avait écrit sa nouvelle sur « l'homme qui croit que son chien ou son chat, c'est le diable ou un esprit quelconque enfermé », on eût remarqué une forte ressemblance avec le conte de Poe, *Le Chat noir*, où se retrouve cette obsession.

Baudelaire nous a aussi laissé le canevas d'une pièce de théâtre intitulée *l'Ivrogne*, dont le dénouement est la confession d'un assassin succombant à l'obsession du remords et se dénonçant à la justice. C'est une situation presque identique qui se retrouve à la fin du conte de Poe *The Imp of the Perverse* (Le démon de la perversité). Le meurtrier s'y prend d'une façon bizarre. Il substitue à la bougie, avec laquelle sa victime avait chaque soir coutume de s'éclairer, une autre bougie faite de cire empoisonnée. Il a pris toutes ses précautions. Personne ne le suspecte et il semble n'avoir plus rien à craindre. Mais l'idée de l'aveu l'obsède de plus en plus, et finit par lui arracher les détails de son crime qui le fait condamner à mort.

Dans combien des œuvres de Poe trouvons-nous ses personnages enchaînés par des idées fixes! Nous voyons dans *Le Corbeau* que l'oiseau sinistre qui refuse de quitter le buste, au-dessus de la porte du poëte, n'est qu'un symbole du remords obsédant :

And the Raven, never flitting, still is sitting, still is sitting
On the palid bust of Pallas just above my chamber door;
And his eyes have all the seeming of a Demon's that is dreaming;
And the lamplight o'er him streaming throws his shadow on the floor;
And my soul from out that shadow that lies floating on the floor
Shall be lifted - nevermore !

Voici la traduction que Baudelaire a faite de cette stance, la plus belle de Poe : « Et le corbeau, immuable, est toujours installé sur le buste pâle de Pallas, juste au-dessus de la porte de ma chambre, et ses yeux ont toute la semblance des yeux d'un démon qui rêve; et la lumière de la lampe, en ruisselant sur lui, projette son ombre sur le plancher; et mon âme, *hors du cercle de cette ombre* qui gît flottante sur le plancher, ne pourra plus s'élever, jamais plus! »

Mais dans *Le Cœur révélateur* se trouve une situation si pareille à celle de *L'Ivrogne*, la pièce projetée par Baudelaire, que nous n'avons plus de doute sur l'origine de celle-ci. Le personnage déséquilibré, aux facultés suraiguës, que nous rencontrons dans tous ces contes, commet un assassinat qu'il est forcé d'avouer parce qu'il s'imagine entendre les battements du cœur de sa victime qu'il a cachée sous le plancher. C'est dans la chambre même qu'il est assis avec les officiers de police qui sont venus visiter les lieux. Il

installe sa chaise sur l'endroit même du parquet sous
lequel repose le corps de l'homme assassiné. Il croit
entendre grandir « un bruit sourd, étouffé, fréquent,
ressemblant beaucoup à celui que ferait une montre
enveloppée dans du coton ». Ne croyant plus qu'il
soit possible que les officiers ne l'entendent pas, il
s'écrie : « Misérables ! ne dissimulez pas plus longtemps ! J'avoue la chose ! Arrachez ces planches !
C'est là ! C'est là ! — C'est le battement de son af-
freux cœur !! »

Le cœur révélateur, dont le bruit obsédait le meurtrier, est le symbole de sa propre conscience.

La conscience, ainsi exaspérée par le mal, est symbolisée par Baudelaire dans ces vers tirés de l'*Irrémédiable* :

> Tête-à-tête sombre et limpide
> Qu'un cœur devenu son miroir !
> Puits de Vérité, clair et noir,
> Où tremble une étoile livide.
>
> Un phare ironique, infernal,
> Flambeau des grâces sataniques,
> Soulagement et gloire uniques
> La conscience dans le Mal !

L'ardeur humaine à se torturer.

Baudelaire nous dépeint aussi la volupté morbide
que prend quelquefois l'âme à se tourmenter. C'est

----

¹ Poe, vol. I, p. 302.

cet instinct qui pousse l'ascète à se mortifier le corps
et auquel le poëte fait allusion quand il parle de

> . . . . la Sainteté,
> Comme en un lit de plume un délicat se vautre,
> Dans les clous et le crin cherchant la volupté [1].

Baudelaire éprouve lui-même, en envisageant la
mort, ces délices de la torture :

> Plus allait se vidant le fatal sablier,
> Plus ma torture était âpre et délicieuse [2].

Ce motif semble dériver d'Edgar Poe, car l'amant,
dans *Le Corbeau*, a cette même tendance maladive.
Dans son désespoir singulier qui puise une volupté à
se torturer, il cherche à aggraver son chagrin par les
prédictions du corbeau. Poe, en expliquant son
poëme, nous en expose ainsi le motif : « L'amant est
poussé par l'ardeur humaine à se torturer soi-même,
à proposer à l'oiseau des questions choisies, de telle
sorte que la réponse attendue, l'intolérable *Jamais
plus*, doit apporter à lui, l'amant solitaire, la plus af-
freuse moisson de douleurs [3]. »

Il existe une parenté entre cette impulsion qui
pousse à se faire souffrir, trouvée dans Poe, et le dé-
rangement mental présenté dans l'*Héautontimorou-
ménos* de Baudelaire. Le poëte, en proie à un désir
maladif de se venger sur lui-même, dit :

---

[1] Baudelaire, *Le Voyage*.
[2] Id., *Le Rêve d'un Curieux*.
[3] Poe, vol. III, p. 273.

> Je suis la plaie et le couteau !
> Je suis le soufflet et la joue !
> Je suis les membres et la roue,
> Et la victime et le bourreau !
>
> Je suis de mon cœur le vampire,
> Un de ces grands abandonnés
> Au rire éternel condamnés
> Et qui ne peuvent plus sourire !

Le dernier vers est l'écho du dernier vers de *The Haunted Palace (Le palais hanté)* déjà signalé comme symbole de la folie : « Qui va éclatant de rire ne pouvant plus sourire ! »

Nous avons là, vraisemblablement, une des imitations que Baudelaire avait l'intention d'indiquer lui-même dans la préface de la seconde édition des *Fleurs du Mal*. Il a changé d'avis, et M. Crépet ne trouve dans une ébauche que cette phrase inachevée : « Je dénonce moi-même les imitations..... », et dans une « note sur les plagiats », une liste de noms dont Thomas Gray [1] et Edgar Poe.

---

[1] L'imitation de Gray, qui doit sauter aux yeux de tous ceux qui ont lu son *Elegy in a country church-yard*, se trouve dans les deux dernières strophes du poème Guignon :

> Maint joyau dort enseveli
> Dans les ténèbres et l'oubli
> Bien loin des pioches et des sondes ;
> Mainte fleur épanche à regret
> Son parfum doux comme un secret
> Dans les solitudes profondes.

C'est presque aussi beau que l'original :

> Full many a gem of purest ray serene
> The dark unfathomed caves of the ocean bear ;
> Full many a flower is born to blush unseen,
> And waste its sweetness on the desert air.

Le délire de l'alcool.

Ce délire de l'esprit, présenté par Baudelaire dans *Le Vin de l'assassin*, laisse voir une trace de l'influence de Poe. Le poète français expose la folle volupté de l'homme qui raconte les détails du meurtre de sa femme commis sous l'empire égarant du vin. Cette dépravation de l'esprit apparaît également dans le conte *The Black Cat (Le Chat noir)* qui nous offre une situation analogue. Le meurtrier, victime aussi de l'intempérance, décrit, avec la même horreur, l'assassinat de sa femme et l'enfouissement du cadavre. Dans les deux cas, les assassins déséquilibrés n'éprouvent pas le moindre remords et jouissent de la même sanglante volupté.

La ressemblance entre l'esprit général des deux morceaux se retrouve encore dans de petits détails. Détachons les phrases suivantes et comparons-les :

> Ma femme est morte et je suis *libre !*
>
> . . . .
>
> Je l'ai *jetée* au fond d'un *puits.*
>
> . . . .
>
> Et je *dormirai* comme un chien !

dit le personnage de Baudelaire et celui de Poe s'exprime ainsi :

> Une fois encore je respirai comme un homme *libre.*
>
> . . . .
>
> Puis je pensai à la *jeter* au fond d'un *puits* de la cour.
>
> . . . .
>
> Je dormis solidement et tranquillement,
>
> . . . .
>
> Oui, je *dormis* avec le poids de ce meurtre sur l'âme.

C'est sa sinistre expérience qui fait décrire à Poe les délires de l'alcool avec une telle véracité. Ce conte fit une forte impression sur Baudelaire, et nous ne sommes pas surpris d'en reconnaître les traces dans ses poèmes sur *Le Vin* et dans ses *Paradis artificiels* dont un chapitre traite de l'alcoolisme.

L'ivresse de l'opium.

Mais une autre ivresse l'a surtout fasciné, celle de l'opium, dont les effets sont dépeints dans quelques poèmes et dans les *Paradis artificiels* qui semblent pris sur le vif. S'il paraît irrationnel d'attribuer à une influence littéraire la véracité vivante d'une description qui découle d'une expérience vécue, il n'est pas cependant impossible que celle-ci même soit le résultat des œuvres de Poe qui présente cette ivresse de manière à stimuler une curiosité morbide. Baudelaire voulut, peut-être, éprouver des sensations si fortement décrites, et cet attrait de la nouveauté, dont nous avons déjà parlé, trouva dans ce côté particulier des œuvres de Poe un champ nouveau d'expérience. Nous pensons, en résumé, que son étude profonde de Poe fut une des causes déterminantes de son goût pour l'opium. Baudelaire s'est adonné à cette habitude pendant la dernière partie de sa vie, époque qui coïncide avec son intimité avec Poe.

L'auteur français, dans la stance suivante tirée du *Poison*, décrit comment l'opium semble élargir l'horizon de l'imagination jusqu'à l'infini :

> L'opium agrandit ce qui n'a pas de bornes,
> Allonge l'illimité,
> Approfondit le temps, creuse la volupté,
> Et de plaisirs noirs et mornes
> Remplit l'âme au delà de sa capacité.

Dans cette portion de ses *Paradis artificiels* qui est intitulée *Un mangeur d'opium*, il a suivi de près *The Confessions of an opium eater*, par Quincey; mais, dans le *Poëme du Haschisch*, il s'est inspiré de Poe, nous semble-t-il, car il emprunte de nombreuses citations de ses œuvres, et il fait allusion à lui de la manière suivante : « En combien de merveilleux passages Edgar Poe, ce poëte incomparable, ce philosophe non réfuté, qu'il faut toujours citer à propos des maladies mystérieuses de l'esprit, ne décrit-il pas les sombres et attachantes splendeurs de l'opium[1] ! » Les passages que Baudelaire a choisis sont si caractéristiques du talent de Poe que nous allons les produire en partie, pour montrer au lecteur l'habileté de ce dernier dans ce genre de description qui semble avoir tant influé sur Baudelaire. Le mari de Ligeia dit : « J'étais devenu un esclave de l'opium et tous mes travaux et mes plans avaient pris la couleur de mes rêves[2]. » C'est ainsi que Poe décrit l'empire de la drogue funeste, et Baudelaire parle de la même servitude dans un langage encore plus énergique : « Chaînes auprès desquelles toutes les autres,

---

[1] Baudelaire, vol. IV, p. 201.
[2] Poe, vol. I, p. 379.

chaînes du devoir, chaînes de l'amour illégitime,
ne sont que des trames de gaze et des tissus d'arai-
gnée[1]. »

Alors Baudelaire expose un autre symptôme de
cette morbidité de l'esprit : l'intérêt intense qu'on
prend aux phénomènes les plus simples. Il cite, à ce
propos, des exemples de Poe, comme celui-ci : « Cependant l'opium avait produit son effet accoutumé,
qui est de revêtir tout le monde extérieur d'une in-
tensité d'intérêt. Dans le tremblement d'une feuille,
dans la couleur d'un brin d'herbe, dans la forme
d'un trèfle, dans le bourdonnement d'une abeille,
dans l'éclat d'une goutte de rosée, dans le soupir du
vent, dans les vagues odeurs échappées de la forêt,
se produisait tout un monde d'inspirations, une pro-
cession magnifique et bigarrée de pensées désordon-
nées et rapsodiques[2]. »

Enfin Poe fit naître chez Baudelaire cette aptitude
à exposer les états pathologiques de l'esprit que le
poète américain regardait comme des états plus éclai-
rés que le normal à en juger par cette déclaration :
« Les hommes m'ont appelé fou ; mais la science ne
nous a pas encore appris si la folie est ou n'est pas le
sublime de l'intelligence, — si presque tout ce qui est
la gloire, — si tout ce qui est la profondeur, ne vient
pas d'une maladie de la pensée, d'un mode de l'es-

[1] Baudelaire, vol. IV, p. 201.
[2] Poe, vol. II, p. 225.

prit exalté aux dépens de l'intellect général[1]. » Baudelaire ne pense pas autrement :

> Mais la voix me console et dit : « Garde tes songes,
> Les sages n'en ont pas d'aussi beaux que les fous[2]! »

Les deux auteurs considéraient donc, non pas avec pitié, mais avec admiration, ces maladies de l'âme qui lui permettent d'entrer de plain-pied dans le domaine de l'infini.

---

[1] Poe, vol. I, p. 364.
[2] Baudelaire, *La Voix*.

CHAPITRE VIII

LA FEMME DANS POE ET DANS BAUDELAIRE

Contraste apparent.

Ces divagations, qu'ils plaçaient au-dessus de la raison même, fournissaient un thème magnifique à leur talent. Nous voulons, avant d'en terminer la comparaison et avant d'aborder celle de quelques-unes de leurs opinions philosophiques et littéraires, chercher s'ils eurent un idéal semblable de la femme, car il nous semble naturel que ces deux hommes se retrouvent dans une communauté d'aspiration à ce dernier point de vue. Ici, nous sommes d'abord aveuglés par un contraste frappant. Est-ce que rien pourrait être plus éloigné du type idéal et spiritualisé de Poe que la plupart des femmes que Baudelaire nous présente? Ces femmes sont elles-mêmes les vivantes et perverses fleurs du mal. Nous ne voyons, à première vue, que les prostituées de Paris avec leurs

faux bijoux, leurs figures fardées et leurs yeux qui
brillent d'un éclat artificiel :

> Tes yeux, illuminés ainsi que des boutiques
> Ou des ifs flamboyant dans les fêtes publiques.

Alors paraît sa belle orientale qui, pour le reposer
de la passion brûlante de ses maîtresses de Paris, lui
prodigue ses caresses indolentes et exhale, de ses che-
veux noirs, un parfum exotique. L'image de cette
Malabaraise n'a pas de parenté non plus avec les
femmes de Poe, bien qu'elle soit très fortement idéa-
lisée, car si elle fut à moitié une créature de son
rêve, elle fut aussi, pour une grande part, une gravure fidèlement rapportée dans sa mémoire de ce
qu'il avait vu aux Indes. L'idéal ici était complété
par le réel, tandis que les femmes de Poe n'existent
que dans le pur idéal.

Communauté d'aspiration.

Mais, au-dessus de ces formes impures, plane, dans
l'imagination du poète, sa beauté idéale, toujours rêvée et jamais atteinte, symbolisée par une femme pareille à un fantôme et faite de parfum et de lumière
plutôt que de sang et de chair. C'est un être pâle et
impassible, dont les yeux étincellent d'un éclat surnaturel et dont le corps même semble être spiritualisé. Nous en rassemblons les traits qui se trouvent
disséminés dans plusieurs poèmes :

Elle unit un cœur de neige à la blancheur des cygnes. . . . . .
Ses yeux brillent des clartés éternelles. . . . .
. . . . . Sa chair spirituelle a le parfum des anges, et son œil
nous revêt d'un habit de clarté. . . . .
. . . . . Ses yeux brillent de la clarté mystique qu'ont les
cierges brûlant en plein jour. . . . . . C'est un être lucide et pur
pareil à l'immortel Soleil. . . . . . Une fée aux yeux de velours,
rythme, parfum, lueur.

La beauté personnifiée par une belle vierge n'est
pas une idée très neuve, mais elle forme un lien entre
nos deux poètes, car elle se retrouve dans *Alaaraf*, le
plus long poème de Poe. Ce qui était nouveau, et en
cela Baudelaire fut vraiment artiste, ce fut le style
magnifique et mystique avec lequel il présenta cette
idée.

En effet, cette femme éthérée des *Fleurs du Mal*
est parente de tous les personnages féminins de Poe,
de Bérénice, de Eléonora, de Ligeia et de « la radieuse
et rare fille que les anges appellent Lenore », car
celles-ci ne paraissent pas comme des personnalités
bien distinctes. Le poète voit Bérénice, non comme un
être de la terre, un être charnel, mais comme l'abs-
traction purifiée d'un tel être. Il compare la beauté
d'Eléonora à celle des séraphins. Comme l'idéal de
Baudelaire, elle paraissait la nuit dans les rêves de
Poe, remplissait l'air qu'il respirait du parfum pris
dans l'encensoir des anges, et une fois, dit-il, il fut
éveillé de son sommeil par des lèvres immatérielles
appuyées sur les siennes.

Ligeia est encore plus ressemblante à l'être idéal
de Baudelaire. La beauté de sa figure étrangement

céleste était « l'éclat d'un rêve d'opium, une vision aérienne et ravissante ». Son teint avait une blancheur d'ivoire, sa chevelure était d'un noir de corbeau et ses yeux larges et brillants devenaient des étoiles jumelles dont il était le plus fervent astrologue[1]. On reconnaît bien cette dernière métaphore dans le vers suivant de Baudelaire :

Astrologues noyés dans les yeux d'une femme[2].

Il est facile de se représenter la femme idéale rêvée par Poe, car il la décrit complaisamment, et toutes les femmes qu'il met en scène ont un caractère identique. Elles peuvent être ramenées à une seule personne qui, comme une actrice jouant plusieurs rôles, paraît sous divers noms, dans des décors différents. De même que dans chaque personnage la personnalité de l'actrice se manifeste entièrement, de même la description d'une seule des femmes de Poe suffirait à nous faire connaître sa femme idéale. Tous ses personnages féminins se ressemblent comme des portraits en pied d'une même personne pris de points de vue différents.

Baudelaire, au contraire, cache en quelque sorte son idéal de la femme. Il nous a fallu pour le découvrir en rassembler les traits dans plusieurs poèmes, en oubliant volontairement les femmes de mœurs et de

[1] Poe, vol. I, p. 374.
[2] Baudelaire. *Le Voyage*.

caractères bien différents qu'il nous peint d'ordinaire, car il n'y a fait que des allusions éparses, insuffisantes en elles-mêmes, mais qui se complètent les unes par les autres. C'est en rapprochant de petits poèmes épars, obscurément reliés les uns aux autres par une aspiration commune, que nous voyons la parenté qui existe entre l'idéal féminin de Baudelaire et celui de Poe. Elles ont toutes les deux une chevelure noire qui contraste étrangement avec la blancheur diaphane de leurs chairs, des yeux noirs dont l'éclat mystique rappelle aux deux poètes celui des étoiles. Elles paraissent dans les rêves des deux poètes, répandant le même parfum angélique, car ce ne sont pas des femmes terrestres et matérielles, mais des femmes éthérées et spiritualisées, faites pour charmer les rêves des hommes d'une vision de beauté idéale dont Baudelaire et Poe, avec leur tempérament raffiné, ont eu la même conception.

CHAPITRE IX

Les accointances profondes de leurs génies nous
permettent de retrouver des analogies non seulement
dans des figures de style et dans leurs conceptions
poétiques, mais encore dans les traits fondamentaux
de leurs opinions philosophiques et littéraires. Nous
allons examiner plusieurs des opinions de Poe qui
furent adoptées par Baudelaire ou sur lesquelles
celui-ci se rencontra avec lui.

L'imagination.

Poe exalte l'imagination au-dessus de toutes les
autres facultés de l'esprit, et Baudelaire disait, en
analysant son idée : « Pour lui, l'imagination est une
faculté quasi divine qui perçoit, tout d'abord, en de-
hors des méthodes philosophiques, les rapports intimes et secrets des choses, les correspondances et les

analogies [1]. « Un examen des œuvres de Poe confirme ce jugement. Dans son essai philosophique *Eureka*, il déclare que l'imagination est souvent supérieure aux opérations inductives et déductives de la raison dans la découverte du vrai. A propos de la loi sur la gravitation des corps, il dit que Newton la déduisit des lois de Képler, lequel avoue qu'elles sont une divination imaginative [2]. D'ailleurs, il dit dans ses *Marginalia* que le domaine de l'imagination est illimité. Ses matériaux s'étendent à tout l'univers, et elle fabrique la beauté même avec la difformité, cette beauté qui est à la fois son but et sa preuve [3]. Les nouvelles de Poe, purement imaginatives, sont elles-mêmes le témoignage évident que l'imagination pour lui était la faculté la plus importante de l'esprit. Il se plaît à montrer dans ses nouvelles toute la richesse et toute la variété des procédés imaginatifs, dont par exemple *Le Crime de la rue Morgue* est une des nombreuses apologies; et il cherche, en guise de moralité, à nous montrer toute la supériorité intellectuelle que possède un homme dont l'imagination est véritablement développée.

Que Baudelaire ait partagé cette opinion, cela nous est prouvé par cet extrait de son article sur le Salon de 1859 : « Mystérieuse faculté que cette reine des facultés. Elle touche à toutes les autres..... Elle dé-

[1] Baudelaire, vol. VI, p. 14.
[2] Poe, vol. III, p. 101.
[3] Id., vol. III, p. 393.

compose toute la création, et, avec les matériaux amassés et disposés suivant des règles dont on ne peut trouver l'origine que dans le plus profond de l'âme, elle crée un monde nouveau, elle produit la sensation du neuf...... Aucune faculté ne peut se passer d'elle et elle peut suppléer quelques-unes. Souvent ce que celles-ci cherchent et ne trouvent qu'après les essais successifs de plusieurs méthodes non adaptées à la nature des choses, fièrement, simplement, elle le devine [1]. »

L'imagination réglée par la volonté.

Nonobstant l'importance du rôle que les deux poètes attribuaient à l'imagination, ils croyaient néanmoins que la volonté devait toujours la régler. C'était une des maximes favorites de Poe que « tout dans un poëme comme dans un roman, dans un sonnet comme dans une nouvelle, doit concourir au dénoûment. Un bon auteur a déjà sa dernière ligne en vue quand il écrit la première ». Baudelaire loue hautement cette méthode qui permet à un auteur de commencer son ouvrage à l'envers et de se mettre au travail à la partie du récit qu'il lui plaît. Il essaya d'adopter la méthode de Poe, et, dans l'introduction des *Petits poëmes en prose* dont le titre nous rappelle celui d'*Eureka*, *a Poem in prose*, il exprime le désappoin-

---

[1] Baudelaire, vol. II, p. 264.

tement qu'il éprouve à n'avoir pas accompli « juste
ce qu'il a projeté de faire ».

Suivant ses biographes, Baudelaire voulait introduire dans l'art une sorte de mathématique infaillible.
Il prétendait qu'il existe des méthodes pour devenir
original et que le génie est affaire d'apprentissage.
D'ailleurs il se vante, dans un des projets de préface
des *Fleurs du Mal*, d'enseigner à tout homme ses
principes en vingt leçons, au bout desquelles il de-
viendra capable de composer une tragédie dont le
succès ne sera pas plus médiocre que celui d'un autre
« et d'aligner un poème de la longueur nécessaire
pour être aussi ennuyeux que tout poème épique ».
Poe, lui aussi, ridiculise ces poètes qui laissent entendre qu'ils composent grâce à une espèce de fré-
nésie subtile ou d'intuition extatique « L'originalité,
dit-il, n'est nullement une affaire d'instinct ou d'intuition. Pour la trouver il faut généralement la chercher laborieusement. » Et Baudelaire n'a fait qu'exa-
gérer ce principe.

Le conte en prose.

Quoiqu'un seul de nos deux poètes ait dû une
grande partie de sa célébrité aux contes en prose, tous
les deux appréciaient également cette sorte de composition littéraire. Dans l'opinion de Poe, si le poème
donne pleine satisfaction au génie, c'est ensuite dans
la nouvelle qu'il peut se donner le plus librement

carrière. Le roman a sur la nouvelle cette infériorité
que sa longueur l'empêche d'être lu en une seule fois,
de sorte que l'on ne peut en retirer une impression de
totalité[1]. Baudelaire fait, lui aussi, l'éloge de la nouvelle dans son étude sur Théophile Gautier : « Comme
le temps consacré à la lecture d'une nouvelle est bien
moindre que celui nécessaire à la digestion d'un roman, rien ne se perd de la totalité d'effet[2]. »

Leurs idées sur le progrès.

Nous avons déjà dit que Poe et Baudelaire n'étaient
pas en harmonie avec l'époque à laquelle ils vivaient.
Ils rejetaient plusieurs idées dominantes du siècle et
notamment l'idée du progrès. Théophile Gautier nous
dit que Baudelaire « avait en parfaite horreur les
philanthropes, les progressistes..... et tous ceux qui
prétendent changer quelque chose à l'invariable nature et à l'agencement fatal des sociétés ». Une lecture de son article sur l'exposition universelle de
1855 confirme ce jugement. Pour lui le progrès est
« une erreur fort à la mode de laquelle je veux me
garder comme de l'enfer[3] ». Il l'appelle même une
folie, et il déclare que la vapeur, l'électricité et l'éclai-
rage au gaz ne témoignent du progrès qu'aux yeux de

---

[1] Poe, vol. IV, p. 215.
[2] Baudelaire, vol. III, p. 175.
[3] Id., vol. II, p. 218.

ceux qui ont confondu les choses de l'ordre matériel et de l'ordre spirituel.

L'examen des idées de Poe ne lui donna pas, à proprement parler, la haine du progrès. mais accentua l'immense dédain qu'il en avait. et la façon dont il insiste sur ce point, dans ses *Nouvelles Notes* sur Poe, nous laisse à deviner que sa propre négation découle en partie des démonstrations de l'Américain. On ne voit pas, cependant. que dans ses essais sérieux celui-ci ait élevé des doutes sur l'idée du progrès. C'est dans ses nouvelles que nous voyons cette opinion pessimiste dissimulée sous le voile de l'ironie. C'est ainsi que dans sa *Petite discussion avec une momie* il montre que les anciens Égyptiens étaient égaux aux hommes modernes dans la pratique de beaucoup d'arts mécaniques et dans l'étude de certaines sciences. Ils pouvaient calculer les éclipses. Ils fabriquaient des microscopes qui les mettaient à même de travailler des camées dont la finesse était bien supérieure à ceux d'à présent. Leur architecture était plus imposante que la nôtre. Quant aux chemins de fer modernes, il insiste sur leur faiblesse en comparaison des énormes voies d'acier sur lesquelles les Égyptiens transportaient des temples entiers et des obélisques monumentaux. « Quant au progrès, dit la momie, il fut, à une certaine époque, une vraie calamité, mais ne progressa jamais[1]. »

---

[1] Poe, vol. II, p. 371.

Leurs idées sur la démocratie.

Poe juge ainsi la démocratie : « Treize provinces égyptiennes résolurent, tout d'un coup, d'être libres et de donner ainsi un magnifique exemple au reste de l'humanité. Elles rassemblèrent leurs sages et brassèrent la plus ingénieuse constitution qu'il est possible d'imaginer. Pendant quelque temps tout alla le mieux du monde.... La chose, néanmoins, finit ainsi : les treize États, avec quelque chose comme quinze ou vingt autres, se consolidèrent dans le plus insupportable despotisme dont on a jamais ouï parler sur la surface du globe. Le nom du tyran fut *La Canaille.* » La moralité qui pourrait se dégager de cette fiction de Poe est « qu'il n'y a de gouvernement raisonnable et assuré que l'aristocratique » ou que « monarchie ou république basées sur la démocratie sont également absurdes et faibles ». Mais Poe ne l'a pas dit, et c'est en réalité dans le journal intime de Baudelaire, *Mon cœur mis à nu,* que nous relevons ces phrases. La concordance de leurs opinions à ce point de vue nous permet de placer ces paroles de Baudelaire comme conclusion de l'idée de Poe.

Peut-être pourrait-on dire que le goût du paradoxe guidait un tant soit peu leurs opinions sur le progrès et la démocratie, mais il est incontestable qu'ils étaient fermement convaincus de la vanité de ces idées, et l'opinion de Baudelaire puisa une force nouvelle dans celle de Poe.

La perversité.

Nous venons de voir que ni l'un ni l'autre ne croyaient qu'un progrès quelconque eût été réalisé dans les conditions de l'existence humaine, et cette croyance s'appliquait également à l'avenir. Ils ne pensaient pas non plus qu'un perfectionnement général du caractère humain fût possible. Ils avaient, au contraire, une croyance fataliste à la perversité originelle de l'homme. La conviction de Poe est ainsi exprimée dans son *Chat noir :* « Aussi sûr que mon âme existe, je crois que la perversité est une des primitives impulsions du cœur humain, une des indivisibles premières facultés ou sentiments qui donnent la direction au caractère de l'homme. » Dans *Le Démon de la perversité*, cette idée se trouve beaucoup plus développée. Quant à Baudelaire, si nous ne tenions pas à nous rapporter toujours à ses propres paroles, il nous suffirait d'adopter sur son compte l'opinion de Théophile Gautier. Pour celui-ci, Baudelaire voit dans la perversité un élément originel et irrémédiable qui pousse tout homme à faire du mal pour le plaisir de faire du mal et sans aucun motif de sensualité. Mais Baudelaire s'est bien exprimé lui-même à ce sujet. C'est une conviction identique à celle de Poe qui lui fait déclarer dans son *Art romantique* que « le crime dont l'animal humain a puisé le goût dans le ventre de sa mère est originellement naturel[1] ».

Les contes *The black Cat (Le Chat noir)*, *The telltale Heart (Le Cœur révélateur)*, et les poèmes *Préface* et *Irrémédiable* suffisent pour montrer qu'ils sont tous deux fatalistes et que pour eux le mal l'emporte toujours sur le bien.

[1] Baudelaire, vol. III, p. 100.

CHAPITRE X

Où nous relevons ces théories.

Le parallélisme entre leurs opinions philosophiques
pourrait s'expliquer aussi bien par une conformité
naturelle que par une influence directe; mais cette
dernière seule peut nous donner l'explication satisfaisante de la communauté de leurs idées sur la poésie, le sujet qui les intéressait le plus.

Théorie de Poe sur la longueur d'un poème.

Les théories de Poe sont disséminées dans toutes
ses études de critiques littéraires, mais elles sont
exprimées d'une manière déterminée et complète dans
un article, publié en 1845, intitulé : *The Poetic
Principle (Le Principe de la Poésie)*. Nous nous
permettrons d'en citer quelques extraits pour les
comparer avec la théorie de Baudelaire, qui se trouve

dans l'introduction du second volume de ses traductions de Poe. Nous donnerons les mots exacts de Poe,
afin que la similitude du langage autant que l'iden-
tité de la pensée et de la suite des idées soit évidente.
Il soutient qu'un poème lyrique doit toujours être
court, et voici les raisons qu'il donne pour prouver
ce principe : « A poem deserves its title only in so
far as it excites by elevating the soul. The value of
the poem is in the ratio of this elevating excitement.
That degree of excitement which would entitle a
poem to be so called at all cannot be sustained
throughout a composition of any great length... This
great work *(Paradise Lost)* is to be regarded as poe-
tical only when, losing sight of that vital requisite
of all art-Unity, we view it as a series of minor
poems. If, to preserve its unity, its totality of effect
or impression we read it (as would be necessary) at
a single sitting, the result is but a constant alterna-
tion of excitement and depression.... In regard to
the *Iliad*, we have, if not positive proof, at least
very good reason for believing it intended for a series
of lyrics, but, granting the epic intention, I can say
only that the work is based upon an imperfect sense
of Art.... On the other hand, it is clear that a poem
may be improperly brief.... A very short poem while
now and then producing a vivid, never produces a
profound or enduring effect. There must be the steady
pressing down upon the wax[1]. »

[1] Poe, vol. III, p. 197.

Pour laisser autant que possible son cachet à la façon dont Poe exprime sa théorie, nous la traduisons aussi littéralement que possible : « Un poëme ne mérite son titre qu'autant qu'il excite et enlève l'âme. Sa valeur est en raison de cette excitation et de cet enlèvement. Ce degré d'émotion que doit inspirer une œuvre pour mériter le nom de poëme ne peut être soutenu pendant la lecture d'une composition d'une grande longueur. Cette grande œuvre (*Le Paradis perdu*) doit être considérée comme poétique seulement quand, perdant de vue cette exigence vitale de tout art, l'unité, nous la regardons comme une série de petits poëmes. Si, pour conserver son unité, la totalité de l'effet ou de l'impression, nous la lisons d'un seul trait (ce qui serait nécessaire), il n'en résulte qu'une alternative constante d'excitation et d'ennui. Quant à l'*Iliade*, nous avons, sinon une preuve positive, du moins de fortes raisons pour croire qu'elle devait être une série de chants indépendants ; mais, en admettant son intention épique, je ne puis que dire que l'œuvre est basée sur un sens imparfait de l'art. Il est clair, d'autre part, qu'un poëme peut avoir une brièveté défectueuse. Si un poëme très court peut produire de temps à autre un vif effet, il lui est impossible, en revanche, de jamais produire un effet profond et durable. Le cachet doit s'appuyer fortement sur la cire. »

Théorie de Baudelaire sur la longueur d'un poëme.

Poe a formulé de bonne heure dans sa carrière cette théorie sur la futilité des longs poëmes. Il l'a fait aussitôt après l'insuccès de son poëme *Al Aaraaf* qui devait être son second et dernier essai d'un poëme soutenu. Cette théorie, bâtie sur une triste expérience, n'est pas sortie directement du cerveau de Poe, bien que celui-ci l'ait soutenue pendant toute sa vie comme sa propre découverte.

Il s'est inspiré, et M. Woodberry nous l'a montré, il y a quelques années, du poëte anglais Coleridge, qui avait auparavant énoncé la même idée.

On peut comparer phrase par phrase les extraits que nous venons de citer avec le passage suivant de Baudelaire, tiré de ses *Notes nouvelles sur Poe :* « En effet, un poëme ne mérite son titre qu'autant qu'il excite, qu'il enlève l'âme, et la valeur positive d'un poëme est en raison de cette excitation, de cet enlèvement de l'âme. » C'est là une traduction littérale de la première phrase citée de Poe. Le paragraphe reprend ainsi : « Mais par nécessité psychologique toutes les excitations sont fugitives et transitoires. Cet état singulier..... ne durera certainement pas autant que la lecture de tel poëme qui dépasse la ténacité d'enthousiasme dont la nature humaine est capable. » Il ne fait que changer les tournures des expressions pour se conformer au génie de la langue française, et le passage finit par cette

reproduction exacte de l'idée de Poe : « Il faut ajouter
qu'un poème trop court..... est aussi très défec-
tueux. Quelque brillant et intense que soit l'effet, il
n'est pas durable ; la mémoire ne le retient pas ; c'est
comme un cachet qui, posé trop légèrement à la hâte,
n'a pas eu le temps d'imposer son image à la cire. »

Est-ce un plagiat ? Le passage ne contient pas une
seule pensée originale. Mais on répondra que Baudelaire ne prétendait pas que ces idées fussent à lui. En
effet, elles sont données pour élucider cette phrase
franchement citée de Poe : « Un long poème n'existe
pas , ce qu'on entend par un long poème est une
parfaite contradiction de termes. » Mais, d'autre
part, pourquoi ferme-t-il ses guillemets pour conti-
nuer sous la forme d'un commentaire original à la
première personne ?

Il reproduit encore les mêmes idées dans une lettre
à Armand Fraisse en ces termes : « Quant aux longs
poèmes, nous savons ce qu'il en faut penser : c'est la
ressource de ceux qui sont incapables d'en faire de
courts. Tout ce qui dépasse la longueur de l'attention
que l'être humain peut prêter à la forme poétique,
n'est pas un poème [1]. » Il est bien évident qu'ici Baudelaire n'a pas l'intention de commenter un texte.
C'est sa propre pensée qu'il veut développer, pensée
qui se trouve énoncée dans des termes à peu près
identiques par Poe.

---

[1] Crépet, *Œuvres posthumes et correspondances inédites,* p. 302.

La doctrine de l'art pour l'art exprimée par Poe.

Baudelaire et Poe étaient tous deux partisans de
la théorie de *l'art pour l'art*. Un parallélisme aussi
symétrique que celui que nous venons d'indiquer se
trouve dans l'exposition de cette doctrine qui suit immédiatement la dissertation sur la longueur d'un
poëme.

Poe s'exprime ainsi : « Would we but permit ourselves to look into our own souls, we should imme-
diately discover that under the sun there neither
exists nor can exist any work more thoroughly digni-
fied, more supremely noble than this very poem....
written solely for poem's sake.....Just as the intellect concerns itself with the Truth, so the Taste in-
forms us of the Beautiful while the moral sense is re-
gardful of Duty. Of this latter, while Conscience tea-
ches us the obligation and Reason the expediency,
Taste contents herself with showing the charms,
waging war upon vice solely on the ground of her
difformity, her disproportion, her animosity to the
harmonious, in a word, to Beauty. »

Voici la traduction littérale que nous faisons, sans
nous rapporter au passage de Baudelaire que nous donnerons tout à l'heure : « Si nous songions à regarder
dans nos propres âmes, nous découvririons immédiatement que sous le soleil il n'existe et ne peut exister
aucun poëme plus élevé, plus noble, que celui qui a été
écrit pour le plaisir de l'écrire. De même que l'intelli-

gence s'occupe de la vérité, le goût nous révèle la beauté, tandis que le sens moral nous montre le devoir. Alors que la conscience nous enseigne l'obligation de ce dernier et que la raison nous en apprend l'utilité, le goût se contente de nous en faire voir le charme, et combat le vice seulement à cause de sa difformité, sa disproportion, avec l'harmonie, en un mot, avec la beauté. »

La doctrine de l'art pour l'art exprimée par Baudelaire.

Le passage correspondant de Baudelaire est habile. Ce n'est ni une traduction littérale ni une paraphrase, cependant, on y trouve à peine une ou deux pensées originales. S'il avait pris des dollars et qu'il les eût fondus et frappés en pièces de cinq francs, la ressemblance n'aurait pas été plus grande. Le résultat de cette refonte des idées de Poe produit ce qu'il suit : « La poésie, pour peu qu'on veuille descendre en soi-même, interroger son âme...... n'a pas d'autre but qu'elle-même ;..... et aucun poème ne sera si grand, si noble..... que celui qui aura été écrit uniquement pour le plaisir d'écrire un poème..... »

« L'intellect pur vise à la vérité, le goût nous montre la beauté et le sens moral nous enseigne le devoir.... Aussi, ce qui exaspère surtout l'homme de goût dans le spectacle du vice, c'est sa difformité, sa disproportion. Le vice porte atteinte au juste et au vrai, révolte l'intellect et la conscience, mais comme outrage à l'harmonie, comme dissonance, il blessera plus particulièrement certains esprits poétiques, et je ne crois pas qu'il soit scandalisant de considérer toute infraction à la morale, au beau moral, comme une espèce de faute contre le rythme et la prosodie universels. »

Chacun des auteurs, cependant, admet que la poésie peut ennoblir les mœurs. Poe dit que les préceptes du devoir et même l'enseignement de la vérité peuvent bien avoir leur place dans un poème. Ils peuvent servir fortuitement au but de l'œuvre poétique, mais le véritable artiste les subordonnera toujours à l'idée de la beauté qui est l'atmosphère et la seule essence d'un poème[1]. Et Baudelaire dit à ce propos : « Je ne veux pas dire que la poésie n'ennoblisse pas les mœurs — qu'on me comprenne bien — que son résultat final ne soit pas d'élever l'homme au-dessus du niveau des intérêts vulgaires.... Je dis que si le poète a poursuivi un but moral, il a diminué sa force poétique, et il n'est pas imprudent de parier que son œuvre sera mauvaise[2]. »

Les théories de Baudelaire furent présentées comme des idées originales.

Si l'on alléguait que Baudelaire a voulu présenter ces pensées comme un simple résumé de l'article de Poe, ce qui serait bien légitime, nous ferons remar-

[1] Poe, vol. III, p. 205.
[2] Baudelaire, vol. III, p. 166.

quer deux faits concluants : Théophile Gautier les
a acceptées comme les pensées originales de Baudelaire. Il dit, dans sa *Notice* déjà mentionnée : « Mais
au lieu d'écrire quelles sont les idées du poète à ce
sujet, il serait plus simple de le laisser parler lui-
même » ; et suit immédiatement le passage que nous
discutons.

Mais Théophile Gautier aurait pu mal interpréter
l'intention de Baudelaire. Cette défense de notre poète
peut être considérée comme nulle et non avenue, car
Baudelaire lui-même, dans une étude sur Théophile
Gautier, se sert de nouveau de ce passage qu'il introduit
ainsi : « Il est permis quelquefois, je présume, de se citer
soi-même, surtout pour éviter de se paraphraser. Je
répéterai donc [1]. » Évidemment il est permis de se citer
soi-même autant qu'on le désire, mais il est défendu
de reproduire les pensées d'un autre auteur en se les
attribuant, lors même que ces idées seraient exprimées dans une autre langue.

La poésie doit être spiritualiste — principe donné par Poe.

Le caractère le plus important de Poe est que la
poésie doit être spiritualiste. Il affirme que le poète
qui ne chante que les sensations à la portée de tout
le monde, sensations que nous donnent les formes,
les couleurs, les sons, les parfums, n'a pas encore
montré qu'il est un vrai poète. Il existe encore quelque chose que ce prétendu poète est loin d'avoir ex-

---

[1] Baudelaire. vol. III. p. 165.

primé : l'au-delà. Nous nous permettons de citer textuellement l'auteur américain, afin de mieux le comparer avec le poète français : « We have still a thirst unquenchable, to allay which he has not shown us the crystal springs. This thirst belongs to the immortality of man. It at once a consequence and an indication of his perennial existence.... And thus, when by poetry we find ourselves melted into tears, we weep not through an excess of pleasure, but through a certain petulant, impatient sorrow at our inability to grasp now, wholly, here on earth those divine and rapturous joys of which *through* the poem, we attain to but brief and indeterminate glimpses. »

Voici le sens textuel : « Nous avons encore une soif inextinguible, et pour la désaltérer il ne nous a pas encore montré la source de cristal. Cette soif est un élément de l'immortalité de l'homme. C'est à la fois une conséquence et une preuve de son existence perpétuelle. Et ainsi, quand la poésie nous fait fondre en larmes, celles-ci ne sont pas provoquées par un excès de plaisir, mais par une certaine tristesse impatiente et nerveuse, causée par l'impossibilité où nous sommes de saisir entièrement, sur cette terre, ces joies divines et ravissantes que nous n'entrevoyons que d'une façon brève et indéterminée à travers la poésie. »

Celui qui lirait superficiellement les *Fleurs du Mal* ne pourrait s'imaginer que Baudelaire eut sur ce point des idées identiques. Il n'est pas ordinairement considéré comme un poète qui nous fait entrevoir les

délices d'outre-tombe et qui exprime cette aspiration
de l'homme vers une vie éternelle. Cependant nous
remarquons plus loin, dans cette même étude sur
Théophile Gautier, les mêmes idées spiritualistes exprimées dans un style aussi élevé : « La soif insa-
tiable de tout ce qui est au delà et que révèle la vie
est la preuve la plus vivante de notre immortalité.
C'est à la fois par la poésie et à travers la poésie que
l'âme entrevoit les splendeurs situées derrière le
tombeau ; et un poème exquis amène les larmes au
bord des yeux, ces larmes ne sont pas la preuve d'un
excès de jouissance, elles sont bien plutôt le témoignage d'une mélancolie irritée, d'une postulation des
nerfs, d'une nature exilée dans l'imparfait et qui vou-
drait s'emparer immédiatement, sur cette terre même,
d'un paradis révélé. »

Leurs conclusions identiques.

La concordance de leurs raisonnements les amène
à des conclusions identiques qu'ils résument dans
une seule phrase ; Poe dans la suivante : « It has been
my purpose to suggest that while this Principle itself
is simply the Human Aspiration for Supernal Beauty,
the manifestation of this Principle is always found
in an elevating excitement of the soul, quite indepen-
dent of that passion which is the intoxication of the
heart, or of that Truth which is the satisfaction of
the Reason. » — « Mon dessein a été de suggérer que
si ce principe lui-même est simplement l'aspiration

de l'humanité vers la beauté supérieure, la manifestation de ce principe se trouve toujours dans une
excitation et un enlèvement de l'âme tout à fait indépendants de la passion qui est l'ivresse du cœur,
ou de la vérité qui est la satisfaction de la raison. »

Et Baudelaire s'en est fait l'écho : « Ainsi le principe de la poésie est, strictement et simplement, l'aspiration humaine vers une beauté supérieure, et la
manifestation de ce principe est dans un enlèvement
de l'âme ; enthousiasme tout à fait indépendant de la
passion, qui est l'ivresse du cœur, et de la vérité qui
est la pâture de la raison[1]. »

Si l'on est surpris de trouver que Baudelaire pré-
conise si hautement la poésie spiritualiste, on l'est
encore plus de voir la passion bannie de son idéal
poétique, car c'est dans les *Fleurs du Mal* que l'on
sent la passion la plus exaspérée. Poe, comme nous
l'avons déjà dit, soutient que la passion, qui « tend
à avilir plutôt qu'à ennoblir l'âme », n'est pas le domaine de la poésie. D'ailleurs il dit : « La passion,
quelque excitante qu'elle soit, n'excite que d'une manière prosaïque. » Il affirme même qu'un poème pas-
sionné est une contradiction de termes. De même,
Baudelaire, dans le passage que nous discutons, déclare que la passion est « trop familière et trop violente pour ne pas scandaliser les purs Désirs, les gra-
cieuses Mélancolies et les nobles Désespoirs qui ha-
bitent les régions surnaturelles de la Poésie ».

[1] Baudelaire, vol. III, p. 167.

CHAPITRE XI

L'APPLICATION DE CES PRINCIPES DANS LEUR POÉSIE

Nous sommes à présent convaincus que Baudelaire n'a fait qu'emprunter les pensées et le style de Poe en formulant ses théories poétiques, et il ne reste plus qu'à voir dans quelle mesure il les a appliqués dans ses propres poèmes.

Ces principes se réduisent à quatre :

1° Un poème lyrique doit toujours être court, car si la lecture en était interrompue on perdrait l'impression de l'ensemble ;

2° Seule, la beauté est le but légitime d'un poème, l'enseignement du devoir ou d'une vérité étant tout à fait secondaire ;

3° La poésie doit être spiritualiste et exprimer les aspirations vers la beauté et vers les joies d'outre-tombe ;

4° La passion violente est complètement étrangère à la poésie.

Les poèmes de Poe, à l'exception de quelques productions de jeunesse, sont conformes à ces principes. Ils produisent cet « effet de totalité » sur lequel il a tant insisté, car ils sont assez courts pour être lus tout d'une haleine. Ils n'ont pas de prétentions didactiques ou morales, et ils servent à illustrer sa propre définition de la poésie : The rhythmical creation of beauty (la création rythmique de la beauté). Quant à la passion, si le poète la laisse percer de temps en temps, c'est toujours un sentiment adouci, contrôlé par la volonté, et presque jamais un débordement effréné. Enfin, les poèmes de Poe contiennent ce désir inné qui nous pousse vers la beauté immortelle.

Ainsi dans *Le Corbeau* il aspire à rejoindre son amante disparue aux yeux des mortels :

By that Heaven that bends above us, by that God we both adore,
Tell this soul with sorrow laden if, within the distant Aidenn
It shall clasp a sainted maiden whom the angels name Lenore.

> (Par les cieux qui se courbent sur nous,
> Par ce Dieu que nous adorons l'un et l'autre,
> Dis à cette âme accablée de tristesse si,
> Dans l'avenir lointain,
> Elle étreindra une sainte jeune fille
> Que les anges appellent Léonore !)

Encore dans *Annabel Lee* le poète en deuil se console ainsi :

And neither the angels in heaven above,
Nor the demons down under the sea,
Can ever dissever my soul from the soul
Of the beautiful Annabel Lee.

> (Et ni les anges, là-haut dans les cieux,
> Ni les démons, là-bas sous la mer,
> Ne pourront jamais arracher mon âme de l'âme
> De la belle Annabel Lee.)

Dans les *Fleurs du Mal* la première règle est strictement observée. Un seul poème dépasse cent vers,
et, des cinquante et une poésies qui composent le recueil, soixante-dix n'ont que les deux quatrains et les
deux tercets d'un sonnet. Le deuxième principe est
appliqué avec la même rigueur. Ses poésies sont certainement celles d'un partisan de « l'art pour l'art ».
Il n'a pas essayé d'instruire ou de moraliser ; au contraire, il s'est bien gardé de ce qu'il appelle « l'hé-
résie de l'enseignement ». Exprimer la beauté, c'est
là sa seule ambition.

> Que tu viennes du ciel ou de l'enfer, qu'importe ?

dit-il en s'adressant à son unique reine.

Il n'est pas jusqu'à cette aspiration vers le beau
céleste et immortel qui est l'essence du troisième
principe qui ne se dégage des poésies de Baudelaire.
Dans l'*Hymne XCIV*, quoique le thème soit un amour
terrestre, presque chaque stance contient une expression qui évoque l'immortalité comme le montrent ces
quelques vers détachés :

> Salut en immortalité !
> . . . .
> Verse le goût de l'éternel
> . . . .
> Au fond de mon éternité !

Dans *Bénédiction* la souffrance est regardée comme
un remède divin. C'est la pure essence qui prépare
tous les forts à goûter les joies célestes, et le poète à
recevoir le diadème que Dieu lui destine, ce diadème

fait de lumière « et dont les yeux mortels ne sont que des miroirs obscurcis et plaintifs ».

Ainsi de temps en temps nous entrevoyons à travers les poèmes des deux poètes cette « beauté supérieure » qui, dépassant l'expérience terrestre, ne peut être complètement exprimée par des paroles humaines. Poe nous fait mieux sentir son caractère d'élévation, notamment dans cette stance :

> Yes, Heaven is thine ; but this
> Is a world of sweets and sours ;
> Our flowers are merely — flowers,
> And the shadow of thy perfect bliss
> Is the sunshine of ours.

(Oui, le Ciel est à toi ; mais ici-bas il y a des instants doux et amers. Nos fleurs ne sont que — des fleurs, et l'ombre de ton bonheur parfait serait le soleil du nôtre.)

Mais quant au quatrième précepte : il faut dans la poésie éviter d'exprimer les passions violentes, il est évident que Baudelaire ne l'a pas toujours suivi. Néanmoins, il croyait que la beauté est quelque chose d'impassible, et au-dessus de toutes les passions humaines, comme le montre cette stance de son sonnet sur *La Beauté :*

> Je trône dans l'azur comme un sphinx incompris ;
> J'unis un cœur de neige à la blancheur des cygnes ;
> Je hais le mouvement qui déplace les lignes ;
> Et jamais je ne pleure et jamais je ne ris.

Nous avons trouvé un plagiat dans les théories poétiques de Baudelaire, mais ce dernier s'assimila

si parfaitement les principes de Poe que ceux-ci ne
génèrent pas sa propre originalité, mais l'aidèrent, au
contraire, à s'affirmer dans un sens tout personnel.
Ce ne fut pas un plat imitateur, mais cet homme aux
idées originales ne fit que les exprimer d'après les
conceptions de l'esthétique de Poe ; de sorte que les
ressemblances entre leurs poëmes n'offrent qu'un caractère très général qui ne porte pas atteinte à l'originalité de Baudelaire comme poëte, et laisse sa poésie
la plus originale de son époque. Notre étude nous a
désillusionné sur la profondeur de ses conceptions
philosophiques de l'art, mais ce plagiat n'indique pas
une faiblesse de caractère. On peut si complètement
tremper son esprit dans les idées d'un auteur favori
qu'il arrive de les reproduire presque inconsciem-
ment, et le style de l'auteur original y reste comme un
cachet que l'on n'a pas brisé. Aussi sommes-nous de
l'opinion de Poe : le plagiat n'est, en général, qu'une
faute littéraire, et ne présuppose pas un défaut moral.

CHAPITRE XII

Nous nous sommes proposé, au début de notre
étude, de démontrer l'influence de Poe sur Baudelaire au moyen des ressemblances qui se trouvaient
dans leurs œuvres. Ce que l'on pouvait prévoir est
arrivé : à travers leurs écrits nous avons entrevu les
deux hommes, avec leurs tendances innées dont dépend leur originalité même et qui offrent tant de traits
communs. Aussi cette conformité de leurs génies nous
a-t-elle empêché de préciser l'influence directe. C'est-
à-dire qu'après avoir relevé entre les deux poètes une
ressemblance quelconque, nous ne saurions spécifier
dans quelle proportion cette ressemblance est due à
un goût inné de Baudelaire ou à l'entraînant exemple
de Poe. En d'autres termes, il est difficile d'établir
nettement quelle part est due à la conformité naturelle de leurs génies et quelle part à cette gravitation
mystique qui s'appelle l'influence.

Comme les corps s'attirent en raison directe de
leur masse et en raison inverse du carré des dis-

tances, ainsi, en quelque sorte, l'attraction entre deux
auteurs du même genre doit être en raison de la
grandeur de leurs génies et de leur intimité. Nous ne
prétendons pas mesurer le génie avec une exacte
échelle. Si sa largeur peut être facilement précisée,
c'est-à-dire si le domaine qu'il embrasse peut être
nettement défini, par contre, la sonde n'en atteindra
jamais la profondeur. Nous avons, cependant, dans
les œuvres d'un auteur un moyen approximatif de
comparer son génie avec celui d'un autre qui s'est
exercé dans la même voie.

Pesons ainsi les génies de nos deux écrivains en
lisant leurs œuvres dans la langue originale (car
toute traduction porte préjudice à un auteur), et nous
comprendrons que la personnalité de Baudelaire devait forcément se diriger vers celle plus absorbante
de Poe, après un contact littéraire aussi intime.

Si nous avions à étudier deux hommes que la nature a doués de caractères tout à fait dissemblables,
une ressemblance littéraire serait l'indice d'une attraction intellectuelle ; mais on ne peut pas dire que,
partis de deux points de vue opposés, l'un des deux
hommes ait convaincu l'autre de sa façon de voir.
Par conséquent, Poe n'a pas aussi profondément in-
fluencé Baudelaire qu'il pourrait d'abord paraître.
Leurs tendances innées les amenèrent forcément à
voir les choses sous le même jour. Lorsque Baudelaire connut les œuvres de Poe, il eut la joie de trouver précisées des idées qui dormaient déjà dans son
esprit. Il nous dit cela expressément : « J'éprouve

une commotion singulière.... Je trouvai, croyez-moi si
vous voulez, des poèmes et des nouvelles dont j'avais
eu la pensée, mais vague et confuse, mal ordonnée,
et Poe avait su les combiner et mener à la perfection. »

Nous trouvons, en effet, dans une quinzaine de
poèmes déjà écrits en 1846, certaines ressemblances
assez marquées pour nous montrer que leur origine
fut dans un goût inné de Baudelaire et tout à fait in-
dépendante de l'influence de Poe. Ainsi ses premiers
poèmes révèlent son amour des parfums. *La Charogne* prouve qu'il se plaisait déjà dans la description des choses horribles et qu'il savait déjà dégager
une pensée idéale d'un tableau réaliste. *L'Albatros*
montre qu'il avait déjà trouvé sa forme symbolique.
La Géante témoigne de l'étrangeté de ses conceptions poétiques. Si, comme dit M. Prarond, *Le Vin
de l'assassin* fut parmi ses premiers poèmes, cela
nous prouve qu'il voyait déjà le beau dans les délires
et les égarements de l'esprit. Le sentiment de mélancolie se trouve aussi dans ses poèmes de jeunesse dont
plusieurs traitent de la mort.

Sans doute ces particularités se sont manifestées,
dans une certaine mesure, avant sa connaissance de
Poe ; mais il est incontestable que celui-ci exerça sur
leur développement une attraction réelle, qui préci-
pita leur complète éclosion, dans une mesure qui, si
elle n'est pas très précise, n'en est pas moins certaine.

D'autres traits ne laissent pas autant de doute sur

leur origine. Un de ses contemporains avait déjà attribué à Poe l'allitération de son style. Quant au refrain, nous n'en trouvons point avant sa connaissance de l'auteur américain. Cette femme idéale qui tient plus de l'esprit que de la matière, et qui, personnifiant la beauté, semble parente des créatures de Poe, n'était pas encore née dans son esprit. A cette époque critique de sa vie, Baudelaire n'avait pas encore donné expression à ses opinions sur l'imagination, le progrès, la démocratie, et la perversité dans laquelle nous avons montré un parallélisme qui ne s'explique que par une influence directe, le hasard étant la seule autre explication possible.

Enfin, quant à ses théories sur la poésie, le plagiat de presque trois pages, que nous croyons avoir signalé pour la première fois, ne nous laisse pas douter que Baudelaire ait adopté en gros les principes de Poe.

Nous ne pouvons donc pas nous imaginer la destinée du génie de Baudelaire sans l'influence qu'exerça sur lui la découverte fortuite des œuvres de Poe, ses goûts étant encore purement plastiques et son génie n'ayant pas encore d'orientation définitive ; cependant, nous pouvons conclure qu'ils étaient nés, en réalité, sous la même étoile, et, s'il faut dire que Poe a une dette de reconnaissance envers Baudelaire pour sa fidèle traduction, il faut dire aussi que le poète français ne doit pas moins à son ami d'outre-mer dont les idées ont éclairé et confirmé son propre génie.

Vu et lu.

A Grenoble, le 29 avril 1903.

Le Doyen de la Faculté des Lettres
de l'Université de Grenoble,

J. DE CROZALS.

Vu et permis d'imprimer.

Grenoble, le 1er mai 1903.

Le Recteur,

JOUBIN.

ERRATA

Page 6. ligne 5, lire : la critique se soit.
 — 15. — 15. lire : ghastly.
 — 17, — 14. lire : only.
 — 18. — 16. lire : entre la forme des.
 — 21. — 7. lire : return.
 — 21, — 8. lire : ecstatic.
 — 21. — 13. lire : Let.
 — 21. — 14, lire : zephyr.
       38.   5, lire : naphthaline.
 — 52. — 7. lire : pallid.
 — 78. — 11. lire : cannot.
 — 78. — 20. lire : Iliad.
 — 78, — 22. lire : lyries.
       78. — 27. lire : profound..... must.
 — 82. — 7. lire : permit.
 — 82. — 18. lire : deformity.
 — 87. — 10. lire : et quand un poème.
 — 90.   14. lire : whom.

TABLE DES MATIÈRES

Grenoble, Imprimerie ALLIER FRÈRES
26, cours Saint-André, 26.

www.ingramcontent.com/pod-product-compliance
Lightning Source LLC
LaVergne TN
LVHW021723170726
843503LV00004B/1380